Hier aufschlitzen

1. Dezember

JUDITH MERCHANT

Axt mit Schleife

Königswinter

Am 23. Dezember muss ja im Grunde jeder durch irgendwas durch. Überfüllte Kaufhäuser, Großputz, der unerträgliche letzte Schultag, ist ja ganz egal, ein Picknick ist der 23. für keinen, aber danach ist dann ja Ruhe, Friede auf Erden und den Menschen ein Wohlgefallen und so.

Also Augen zu und durch!

Ich ziehe die Strumpfmaske über, nehme die Axt in die Rechte und stapfe auf das Haus zu.

Ein Käuzchen schreit klagend. Vielleicht ist es auch kein Käuzchen, ich kenne mich da nicht so aus. Ich bin auch eher nicht so der Profieinbrecher, ein Anfänger sozusagen. Immerhin hab ich die passende Montur, schwarzer Trainingsanzug, dann die Strumpfmaske, bewaffnet bin ich auch, vor mir liegt das Häuschen, Baustil rheinische Provinz, in das ich gleich einsteige, um mich zu bereichern. Dieser Garten ist der schönste Garten von Königswinter, zumindest sagen das die Preisrichter. Nirgendwo blühen die Blumen so wie hier, aber jetzt sieht man nur Erde, deren winterliche Kahlheit mit Lichterketten und Plastiksternen kaschiert wird. Als ein Plastik-Elch mich überraschend anblinkt, stolpere ich, und etwas zerbricht unter meiner Stiefelspitze. Verdammt!

Ich lasse den Lichtkegel meiner Taschenlampe über den Rasen huschen und sehe, dass ich soeben einen Gartenzwerg geköpft habe.

Kollateralschaden, denke ich und gehe weiter. Ich kann mich von einem Gartenzwerg schließlich nicht aufhalten lassen bei dem, was ich hier durchziehe.

Immerhin geht es um was echt Wichtiges: Es geht im Prinzip darum, Weihnachten zu entkommen.

Ein für alle Mal, sagt Christa.

Sie hatte auch die Idee mit Lanzarote. Christa hat echt tolle Ideen, das hab ich in den letzten vier Monaten immer wieder festgestellt. So lange sind wir nämlich schon zusammen. Christa ist ganz schön clever. Sie hat mir auch das mit Weihnachten erklärt.

Weihnachten ist nämlich eine rundum ungesunde Angelegenheit. Sieg der Tradition über die Vernunft. Man hockt um einen piksigen Baum, der mit Blick auf seinen positiven CO_2-Effekt besser im Wald geblieben wäre, und hört sich dieselben Geschichten an wie jedes Jahr. Man beschenkt ausgerechnet die Leute, die man in Wahrheit am liebsten mit der Lichterkette strangulieren würde, und dann fügt man, um das Maß vollzumachen, dem armen Magen mit irrsinnigen Mengen von Gänsefett und Alkohol irreparablen Schaden zu. Und dann all die spießigen Glöckchen! Und Engelchen! Dagegen ist die Christa allergisch.

Weihnachten ist so was wie Weltuntergang unterm Tannenbaum, sagt sie. Schön blöd, wenn man da mitmacht! Und selber schuld, sagt die Christa.

Darum feiern wir auch anders. Lanzarote, all inclusive. Wa-

rum sollen immer nur die Rentner im Warmen überwintern dürfen? Diesmal sind wir dran, sagt Christa.
Palme statt Nordmannstanne.
Cocktails statt Gänsebraten.
Sonnenuntergang statt Weltuntergang.
Nur muss ich vorher noch die Sache hier zu Ende bringen. Für Lanzarote, all inclusive, braucht man nämlich Geld, und zwar am besten nicht zu knapp, sagt die Christa. Und große Taten erfordern große Opfer, und was soll das Geld bei der Alten im Schrank vergammeln, wo wir's doch so gut brauchen können?

Es ist für mich ein Leichtes, die Hintertür zu öffnen, einmal zack mit dem Stemmeisen, das war's schon. Die Polizei wird Einbruchspuren feststellen, selbst schuld, werden die sagen und sich an den Kopf tippen, dass jemand eine Hintertür so schlecht sichert. Mit angehaltenem Atem husche ich durch die Tür und schleiche ins Haus. Meine Gummisohlen machen kein Geräusch, als ich durch den dunklen Flur gehe. Den schwachen Lichtschein hinter der Wohnzimmertür ignoriere ich, tapfer gehe ich weiter bis zu der Tür, hinter der das Schlafzimmer liegt. Licht an, Schrank auf, einmal hinter die sorgfältig gestärkten Bettlaken gegriffen, wo das Geld liegt. Es ist fast zu leicht. Ich raffe die Bündel zusammen, stopfe sie in den Rucksack und atme durch. Teil eins ist geschafft! Dass Teil zwei der wirklich haarige Teil ist, oder besser: der blutige, das verdränge ich erst mal. Rucksack auf und Rückzug. Gerade bin ich wieder im Flur, da höre ich es. Ich erstarre. Hinter der Wohnzimmertür höre ich Geräusche. Ein Knarren und Quietschen. Ein Schaukelstuhl. Vor Schreck weiche ich zurück und stoße mit der Axt an den Flurspiegel, ein helles Klirren, mein Herz bleibt stehen. Das Knarren und Quietschen verstummt.
Die Axt pendelt nutzlos in meinem kraftlosen Arm, und ich begreife, dass ich für Teil zwei nicht bereit bin.
Schlurfende Schritte nähern sich der Tür. Dann wird sie aufgerissen, und grelles Licht flutet mich, sodass ich geblendet die Augen schließe.
»Walter?«, höre ich eine ungläubige Stimme.
»Hallo, Mama.«
»Was machst du denn hier? Und wie siehst du überhaupt aus?«
Hastig zerre ich die Strumpfmaske vom Kopf und verstaue sie in der Jackentasche.
»Du bist ja ganz blass, Junge, setz dich, ich mach dir einen Kakao.«
Auf dem Sofa sitzt schon Tante Anneliese und strahlt mich an, dass ihre Goldkronen nur so blinken.
»Hallo, Junge!«
»Hallo, Tante Anneliese.«
»Gut, dass du dich endlich mal wieder blicken lässt, deine arme Mutter hat dich sehr vermisst. Was bist du blass, Walter! Trink erst mal den Kakao, dann sieht die Welt schon ganz anders aus.«
Sie greift nach meiner Rechten und lässt sie nicht mehr los, sodass ich den Kakao mit links trinken muss.
Tatsächlich, mir ist ganz schwach zumute. Kreislauf.
Im Wohnzimmer ist es warm, als ich neben Tante Anneliese auf dem Sofa Platz nehme, am Tannenbaum hängen schon die Figürchen aus dem Erzgebirge und die Strohsterne, auf

dem Tisch liegen gestickte Decken mit Glöckchen und Engelchen. Gut, dass das die Christa nicht sieht! Sie würde auf der Stelle einen anaphylaktischen Schock erleiden.

Der Kakao tut gut, da hat die Mama recht gehabt. Als ich ihn ausgetrunken habe, sieht die Welt tatsächlich ganz anders aus. Auch wenn ich mich frage, wie ich die Sache jetzt durchziehen soll, mit der Tasse in der einen Hand und Tante Anneliese an der anderen.

Dann fällt mir ein, dass ich auch das mit den herausgerissenen Schubladen im Schlafzimmer vergessen habe, dabei ist das wichtig, das hat die Christa extra betont, damit die Polizei nachher, wenn sie die Leiche von der Mama findet, denkt, dass es ein stinknormaler Einbruch war, von Einbrechern, die gar nicht wussten, dass die Mama ihre Rente immer hinter den Bettlaken versteckt, denn wer das weiß, sagt die Christa, muss die Mama ja kennen, und dann kämen sie gleich auf mich.

Kompliziert, denke ich und unterdrücke ein Seufzen. Viel zu kompliziert. Und überhaupt, das Ganze war nicht meine Idee.

»Weihnachten ohne die Mama geht nicht«, habe ich der Christa gesagt, als die das erste Mal mit ihrer Lanzarote-Weihnachts-Idee kam. »Auf gar keinen Fall. Das packt die nicht.«

»Tja«, hat die Christa gesagt und die Achseln gezuckt. »Ich hab jetzt aber schon gebucht.«

»Tante Anneliese hat gesagt, Weihnachten ohne mich, das steht die Mama nicht durch. Sie hat ja sonst niemanden!«

»Doch. Sie hat Tante Anneliese, zum Beispiel.«

»Können wir sie nicht einfach mitnehmen, die beiden?«, hab ich gefragt.

Die Christa hat mich angeguckt, als ob ich wer weiß was verlangt hätte. »Vergiss es«, sagte sie sofort. »Meinst du, ich bin scharf auf einen Sonnenuntergang und davor die beiden Alten im Bikini? Nein, die bleiben hier, allein. Deine Mutter ist erwachsen. Und außerdem hat sie ja ihre Blumenbeete und den Gänsebraten. Das packt die schon!«

»Nein, das packt sie eben nicht. Sie wird mich nicht lassen. Nur über ihre Leiche, sagt Tante Anneliese.«

»Das kann sie haben!«, hat die Christa erfreut gerufen. »Mal ehrlich, jetzt. Ist vielleicht eh besser. Dann haben wir auch das Problem mit dem Geld geklärt, langfristig gesehen. Denn Weihnachten auf Lanzarote geht ja irgendwann vorbei, und im Jahr danach wollen wir bestimmt wieder dahin oder vielleicht mal nach Fuerteventura. Und außerdem muss sie, wenn sie tot ist, ja auch gar nicht mehr allein feiern.«

Was die Christa sagt, klingt immer ganz einfach. Aber jetzt, auf Mutters Sofa und mit Kakao in der Hand und der Axt unter dem Sofa, kommt mir die Sache irgendwie doch ziemlich schwierig vor.

Plötzlich begreife ich, dass das mit der Axt eine rundum dumme Idee gewesen ist, nicht nur, weil ich mich so leicht daran verletzen kann. Eine Axt ist viel zu brutal. Eine Sauerei würde das geben, und außerdem tut das weh, und ich muss der Mama ja nicht unbedingt wehtun, Weihnachten und Lanzarote hin oder her.

Gift wäre besser. Gift ist sanft. Wenn ich den beiden Gift in den Kakao träufelte, dann würden sie ganz gemütlich einschlafen, das sähe dann außerdem ganz natürlich aus, und die ganze Sache mit den herausgerissenen Schubladen

und so kann ich mir auch sparen. Nur leider hab ich kein Gift dabei.
»Ist alles in Ordnung, Walter? Du guckst so nachdenklich!«
»Alles okay, Mama, ich hab nur gerade überlegt, was ich dir dieses Jahr zu Weihnachten schenken soll.«
»Zerbrich dir darüber mal nicht den Kopf, Walter, ich hab doch alles. Vielleicht ein Paar Gartenhandschuhe. Oder einen Löwenzahnstecher. Oder … Sag mal, warum denkst du überhaupt über das Geschenk nach? Ich hab ja irgendwie gedacht, du bist dieses Jahr auf Lanzarote?«
»Was?« Ich stelle die Tasse so hastig ab, dass der Kakao überschwappt.
»Na ja, Schmittchens Horst hat gesehen, wie du einen Reiseführer gekauft hast, und da dachte ich, dass du sicher mit deiner neuen Freundin nach Lanzarote fahren willst. Ist doch viel netter, als mit deiner alten Mutter unterm Baum zu sitzen und Gänsebraten zu essen.«
»Aber nein, Mama!«
»Walter, ein Junge in deinem Alter sollte wirklich mit seiner Freundin in die Sonne fahren und Cocktails trinken, meinst du nicht? Oder hat etwa …« Mamas Stimme klingt alarmiert. »Hat sie dich etwa sitzen lassen?«
»Nein, hat sie nicht!«
»Bist du dir da auch sicher?«
Ich finde plötzlich gar nicht mehr, dass eine Axt zu brutal ist, und greife suchend unters Sofa, aber da fällt mein Blick auf Mamas Gesicht, und ich sehe das Mitleid darin und begreife, worauf sie anspielt.
»So kurz vor Weihnachten ist das ja nicht schön«, sagt sie mitfühlend.
»Mit Christa ist alles okay!«
»Dann ist gut. Ich dachte ja nur …«

Ich weiß genau, was die Mama dachte, aber das soll sie bitte schön nicht laut sagen. Nämlich, dass ich ganz schön Pech hab mit den Frauen. Vor allem zu Weihnachten. Weil Weihnachten ja Beziehungen auf eine harte Probe stellt. Deswegen bin ich ja auch so sicher, dass die Christa die Richtige ist, weil die das nämlich schon von vornherein erkannt hat, dass Weihnachten eher schwierig ist, wenn man nicht nach Lanzarote fährt. Weil die meisten Frauen, und ich mein da jetzt nicht die Christa, ganz bestimmte Vorstellungen haben von Weihnachten. Die wollen zum Beispiel Karpfen. Und dann gibt's Ente. Oder sie wollen Kirche. Und dann gibt's Hausmusik. Oder sie wollen Zweisamkeit. Und dann sitzt da die Schwiegermutter. Und *zack* sind die Frauen über alle Berge, nur weil sie es nicht so gekriegt haben, wie sie es hätten haben wollen. Das sind eben die ganzen konventionellen Weihnachtsopfer mit diesen ungünstigen Weihnachtserwartungen, die alle Menschen haben. Das kann ja nur schiefgehen, daraus muss man sich befreien, zur Not eben mit Gift oder meinetwegen mit der Axt.
Am Anfang hab ich gedacht, es läg an mir, dass die Frauen mich verlassen. Das war bei der Veronica. Bei der Erika hab ich dann gedacht, es läg an der Mama, dass das der Erika irgendwie zu viel war mit Mama und dem Erzgebirgekram und dem Gänsebraten und dem Punsch. Und erst jetzt, mit der Christa, hab ich begriffen, dass es an Weihnachten liegt. Weihnachten ist schlecht für Beziehungen.

Obwohl es schön ist. Jetzt, wo ich hier sitze zwischen den süßen Figürchen und den heimeligen Strohsternen und wo Mamas Kakao so gut schmeckt, da frag ich mich: Muss man eigentlich um die halbe Welt fliegen und sich in der Fremde zusammen mit anderen Fremden die Schultern verbrennen lassen?

Irgendwie ist das gemein, dass ich mich anscheinend zwischen der Mama und der Christa entscheiden muss.

Die Christa ist nicht so wie die Erika, die Rosemarie und die Veronica. Die ist anders. Die würde sicher auch mit der Mama klarkommen, wenn wir später nach Lanzarote fliegen. Aber es ist ja schon gebucht, und das Geld dafür sollte ich ja der Mama klauen.

Ach, ist das kompliziert!

»Du musst dich entscheiden«, sagt die Mama. »Kommt ihr denn jetzt oder nicht? Du und die ...«

»Christa«, sage ich, »sie heißt Christa.«

»Und kommt ihr? Müsst ihr nicht. Fahrt doch nach Lanzarote, da ist es warm.«

»Wir kommen gern«, rufe ich.

»Und es gibt Gans. Oder mag die Christa das nicht?«

»Doch, natürlich.«

»Und Weihnachtspunsch«, sagt Mama zufrieden. »Ach, ich weiß noch, die Rosemarie, die mochte den Punsch so gern!«

Ich mag mich gar nicht an die Rosemarie erinnern. Wortlos war sie weg, am Tag danach, wie vom Erdboden verschluckt. Mama sagt, dass sie wahrscheinlich abgehauen ist nach Australien, sie hatte so was angedeutet beim Punschtrinken, das kam der Mama gleich komisch vor. Das war dann immerhin eine Erklärung. Natürlich hat mich das auch sehr interessiert, von der Mama zu hören, wie der Abend mit der Rosemarie so verlaufen ist, ich hab ja gar nicht alles mitbekommen von dem Abend, weil ich so gegen zehn ins Bett gegangen bin, weil ich so müde aussah. Das hat zumindest die Mama gesagt.

Als ich am nächsten Morgen aufstand, war die Rosemarie verschwunden. Auf Nimmerwiedersehen.

Das war echt gemein.

Ich hab lange überlegt, ob ich ihr die Australienidee vielleicht hätte ausreden können an dem Abend, es muss ja eine sehr spontane Idee gewesen sein, ich hatte wirklich keine blasse Ahnung davon! Vielleicht hätte ich das verstanden, wenn ich an dem Abend beim Punschtrinken mitgemacht hätte, aber Mama sagt, der Punsch wär zu stark für mich, und außerdem, wenn man so müde aussieht wie ich an dem Abend, dann gehört man ins Bett.

Und es war ja auch kein Wunder, dass ich müde war, meinte Mama, wo ich doch so schön gegraben hatte! Vor dem Abendessen hatte ich ja für die Mama noch das neue Beet ausgehoben. Die Mama legt nach Weihnachten nämlich immer die neuen Beete an. Auch wenn die Pflanzen erst im Frühjahr kommen, ist es wichtig, dass man den Boden schon mal vorbereitet. Das scheint zu stimmen, denn Mamas Rabatten blühen wie kaum sonst was in Königswinter. Es sind wirklich Prachtstücke, zwei Mal ein Meter, in dem vom letzten Jahr, dem Jahr, wo die Erika verschwunden ist, hat sie Heidekraut in allen Farben gepflanzt, in den anderen Beeten blühen Rosen und Ehrenpreis – also, Veronica heißen die. Veronica ist der andere Name für Ehrenpreis.

»Also, wenn ihr wirklich absolut nicht nach Lanzarote wollt, dann sehen wir uns ja morgen«, sagt die Mama. »Ich bin schon sehr gespannt auf deine neue Freundin.«
»Dein Punsch wird ihr schmecken!«, sage ich.
»Davon bin ich überzeugt«, sagt die Mama und grinst so komisch.
»Ist was, Mama?«
»Aber nein! Ich hab nur gerade an das neue Beet gedacht.«
»Welches neue Beet?«
»Na, das mit den Christrosen!«
»Aber du hast doch gesagt, es ist gar kein Platz mehr im Garten.«
»Links neben dem Eingang ist noch etwas Platz. Den müsstest du morgen vor dem Essen noch ausheben.«
Ich seufze.
»Ist diesmal nicht viel, nur ein halber Quadratmeter. Ach, und weil du eben sagtest, dass du noch kein Geschenk für mich hast – so eine Axt wie die da, die brauchte ich wirklich ganz dringend!«

Ende

Hier aufschlitzen

2. Dezember

JEAN BAGNOL

Eine schöne Bescherung

Glückstadt

In der Herrengasse in dem kleinen Örtchen Glückstadt glitzerten die Häuser in fröhlichem Lichterzauber. Man schmückte sich für den Heiligabend. Und käme der Weihnachtsmann tatsächlich in seinem Rentierschlitten aus dem hohen Norden herangeflogen, so fielen ihm bestimmt als Erstes die bunten Lichterketten auf, die die Häuser und Vorgärten der kleinen Sackgasse am Stadtrand erleuchteten. Ein kurzer Blick in sein großes Weihnachtsmann-Kontobuch würde ihm ein zufriedenes Brummen entlocken. Denn die Familien, die dort wohnten, gehörten ausnahmslos zu jenen Bürgern, die dem Weihnachtsmann rechte Freude bereiteten. Allesamt waren sie hilfsbereit, anständig und ehrlich. Kein Ehemann schlug seine Frau oder betrog sie – umgekehrt genauso wenig. Keines der Kinder benahm sich so schlecht, dass auch nur die Drohung mit der Rute vonnöten wäre. Die Autos auf den Auffahrten waren stets blitzeblank geputzt, die Gärten gepflegt, und einmal im Jahr trafen sich die Nachbarn, Erwachsene wie Kinder, um gemeinsam die Gasse von allem Schmutz zu reinigen – was nicht lange dauerte, da sich ohnehin selten Schmutz hierher verirrte. Aber das war auch nur ein Vorwand, um das anschließende Straßenfest mit Biogrillwurst und selbst gepressten Säften zu feiern. Nein, an der Herrengasse hätte der Weihnachtsmann nichts auszusetzen gehabt. Wenn es denn einen Weihnachtsmann gäbe.

Aber an den glaubten auch an diesem friedlichen Ort nur die Kinder.

Zwei dieser Kinder waren Bastian und Emma Leithäuser, die mit ihren Eltern, Jutta und Jochen, das Haus Nummer elf am Ende der Gasse bewohnten. Vervollständigt wurde die Familie von drei ausgesprochen artigen und dekorativen Katzen namens Omo, Murmel und Atze. Auch an den Tieren hätte der Weihnachtsmann seinen Gefallen gefunden, obwohl er für Tiere eigentlich nicht zuständig war. Aber natürlich bekamen auch Atze, Omo und Murmel ihre Weihnachtsgeschenke. Meist waren das irgendwelche weichen Deckchen oder Kissen, für die die Tiere nur mäßiges Interesse aufbrachten. Anders verhielt es sich mit der Terrine voller Thunfischpastete, die sie während der drei Festtage auf besonderen Tellern serviert bekamen und die bereits im Kühlschrank auf sie wartete. Wenn es etwas gab, auf das sich die drei Katzen an Weihnachten freuten, dann war es ihre Thunfischpastete.

Doch das merkte man ihnen nicht an. Während die Kinder aufgeregt hin und her liefen und die Eltern sich alle Mühe gaben, sie einzufangen und für den Weihnachtsgottesdienst herzurichten, saßen oder lagen die Katzen auf ihren Stammplätzen und sahen dem Treiben der Menschen mit kätzischer Gelassenheit zu.

Omo, eine junge Katzendame mit langem schneeweißem Fell, hatte sich auf dem Sofa ausgestreckt. Murmel, ihre buntscheckige Freundin, kauerte auf der Lehne. Und Atze, der schwarze Kater mit den weißen Söckchen und dem hellen Fleck an der Schnauze, saß wie immer auf der Fensterbank, von wo er sowohl das Geschehen im Haus als auch in der Herrengasse im Auge hatte.

»Wann kommt denn der Weihnachtsmann?«, fragte Emma ihre Mutter zum ungefähr fünfzigsten Mal, während sie auf dem Sofa saß und Omo nervös den Bauch kraulte. Wobei nicht ganz klar war, ob das der Katze oder dem Mädchen guttun sollte.

»Während wir in der Kirche sind, Emma. Das weißt du doch.«

Natürlich wusste Emma das, aber sie brauchte die Bestätigung, um ihrer Aufregung Herr zu werden.

»Hat er denn auch wirklich unseren Wunschzettel bekommen?«, fragte Bastian, der vor dem großen, prächtig geschmückten Weihnachtsbaum kniete und bewundernd zur silbrig glänzenden Spitze hinaufschaute. Da das Wohnzimmer mit dem Treppenhaus eine Einheit bildete, war die Decke an dieser Stelle so hoch wie die des ersten Geschosses. Darum hatten die Leithäusers immer den größten Baum in der Straße. Er war so groß, dass der obere Teil nur von der Treppe aus geschmückt werden konnte. Und um schließlich die silberne Spitze aus altem Familiensilber von Oma Ilse aufzusetzen, musste Jochen Leithäuser sich immer über die Balustrade im ersten Stock beugen, was Jutta Leithäuser jedes Mal zu besorgten Ermahnungen und die Kinder zu begeistertem Händeklatschen veranlasste.

Beim Schmücken dieses Monstrums übertraf sich Jochen jedes Jahr von Neuem. Dieses Mal hatte er sich etwas Besonderes ausgedacht: Die Lichterkette, die um den Baum gewunden war, hatte eine Schaltung, mit der sie zum Blinken gebracht werden konnte. Gleichzeitig wurde ein versteckter MP3-Player aktiviert, der *Ihr Kinderlein kommet* über unsichtbare Lautsprecher erklingen ließ. Das war natürlich nur für den Moment der Bescherung gedacht. Ein drei Tage lang blinkender und singender Weihnachtsbaum wäre selbst für die weihnachtsfreudige Familie Leithäuser eine Nummer zu viel.

»Aber natürlich hat er den Wunschzettel bekommen«, beantwortete Jutta schmunzelnd die Frage ihres Sohnes.

»Und was ist mit den Geschenken für Omo, Murmel und Atze?«, sorgte Emma sich und schaute auf ihre Lieblingskatze herab, die sich gutmütig alles gefallen ließ, was das kleine Mädchen mit ihr anstellte. »Katzen können doch keine Wunschzettel schreiben. Woher weiß der Weihnachtsmann denn, was sie sich wünschen?«

»Sei unbesorgt, Kleines, der Weihnachtsmann weiß alles.«

Natürlich wusste der Weihnachtsmann alles. Schließlich hatte Jutta ihn persönlich instruiert. Wie es übrigens auch die anderen Bewohner der Straße taten. Der Weihnachtsmann kam nämlich nicht mit einem Rentierschlitten aus dem hohen Norden, sondern zu Fuß aus der Herrengasse Nummer zwei. Sein Name war Udo, und er war der einzige Junggeselle in der Herrengasse. Was ihn für die Aufgabe qualifizierte, alljährlich den Weihnachtsmann zu spielen. Aber Udo machte das nichts aus. Es liebte es, von Haus zu Haus zu gehen, die Geschenke aus den Verstecken zu holen und sie mit viel Liebe unter den Weihnachtsbäumen zu drapieren. Außerdem konnte er auf diese Weise den Kirchgang schwänzen. Gottesdienste fand Udo nämlich bedrückend.

Da die Bewohner der Herrengasse zu dieser Zeit alle in der St.-Bonifatius-Kirche waren, wäre es nicht nötig gewesen,

dass Udo bei seiner Arbeit ein Kostüm als Weihnachtsmann trug. Doch der etwas rundliche Enddreißiger nahm seine Aufgabe ernst. Schließlich konnte es ja jederzeit passieren, dass eines der Kinder krank wurde und verfrüht nach Hause gebracht werden musste. Der Schrecken wäre groß, wenn dann statt eines Mannes in rotem Mantel und weißem Wallebart nur Onkel Udo mit den Geschenken hantieren würde. Vielleicht würde das Kind sogar denken, dass er die Geschenke stehlen wollte. Auf jeden Fall würde dieser Anblick ein schreckliches Trauma verursachen. Dafür wollte Udo nicht verantwortlich sein. Im Übrigen machte es ihm Spaß, sich als Weihnachtsmann zu verkleiden. Er nahm sich sehr viel Zeit, sein Äußeres herzurichten, und um die Vorstellung perfekt zu machen, lud er sich sogar einen Sack auf die Schulter. Da die Geschenke aber bereits in den Häusern gelagert waren und er sie nur aus ihren Verstecken zu holen brauchte, er es aber albern fand, mit einem leeren Sack herumzulaufen, füllte er ihn mit Styropor-Verpackungsmaterial, das er im Laufe der Jahre aus den Lieferungen diverser Elektrogeräte zusammengesammelt hatte. Udo war beseelt von der Aufgabe, den Kindern der Herrengasse möglichst lange den Glauben an den Weihnachtsmann bewahren zu lassen. Endlich war es so weit. Die Kinder waren eingepackt, ihre Münder sauber gewischt, ihre Fingernägel kontrolliert. Emma und Bastian warfen noch mal einen sehnsüchtigen Blick ins Wohnzimmer, zu dem Weihnachtsbaum, unter den der Weihnachtsmann ihrer festen Überzeugung nach während ihrer Abwesenheit die wundervollsten Spielzeuge legen würde.
»Omo, Atze und Murmel sind die Einzigen, die den Weihnachtsmann sehen dürfen«, meinte Emma sehnsüchtig.
»Wenn sie uns doch nur davon erzählen könnten«, seufzte Bastian.
Dann schoben die Eltern ihre Kinder hinaus, und hinter ihnen fiel die Tür ins Schloss.

»Endlich«, stöhnte Murmel.
»Ich dachte schon, das alberne Theater hört gar nicht mehr auf«, stimmte Omo mit ein und reckte sich wohlig auf dem Sofa. »Dieses ewige Bauchgekraule macht mich noch wahnsinnig.«
»Liegt an deinem Flokatifell«, feixte Murmel. »Kleine Mädchen stehen auf so etwas.«
»Von wegen, das ist mein natürlicher Charme. Da kannst du nur von träumen, du wandelnde Farbpalette.«
»Wenigstens werde ich nicht ständig von diesen kleinen Wurstfingern zerquetscht, du weiße Flaumdiva.«
»Aus dir spricht nur der Neid der vom Schicksal weniger Begünstigten.«
»Muss ich mir diesen Müll von einer Katze anhören, die sich bei dieser verzogenen Göre einschleimt? Hey, Atze, sind sie wirklich weg, oder haben sie etwas vergessen?«
»Alles klar, die Luft ist rein. Die anderen Spinner sind auch schon auf dem Weg zum gemeinsamen Weihnachtsjodeln in der Kirche.«
»Ich habe es mir einmal angehört, furchtbar. Und da reden die von Katzenmusik«, schimpfte Murmel.
»Hey«, warf Omo ein, »wusstet ihr, dass es ein Weihnachtsmärchen gibt, in dem alle Tiere wundersamerweise in der Heiligen Nacht zu sprechen anfangen?«
»Echt?«

»Was sagen sie denn?«

»Keine Ahnung, vielleicht erzählen sie sich Witze.«

»Über den Weihnachtsmann?«, fragte Atze.

»Warum gibt es eigentlich keine Weihnachtsfrau?« Murmel hatte einen Hang zum Feminismus.

»Den Job würde Udo auch noch übernehmen«, spottete Omo.

Alle drei gniggerten auf Katzenart.

»Apropos, wo bleibt er denn?«

»Noch nicht in Sicht«, vermeldete Atze, der Späher.

»Ob die anderen wissen, dass Udo schwul ist?«, sinnierte Murmel.

»Im Ernst?« Omo war elektrisiert.

»Klar, was meinst du, warum er so gerne in diesem roten Weihnachtsfummel rumläuft?«

»Zu Hause trägt er noch heißere Sachen«, wusste Atze zu berichten.

»Wirklich? Erzähl!« Die beiden Mädchen sahen ihn mit großen Augen an. Atze sonnte sich in dieser Aufmerksamkeit.

»Na ja, so was mit Strapsen und High Heels. Und damit stolziert er immer vor dem Spiegel hin und her.«

»Wow«, meinte Murmel begeistert.

»Ach, da kommt er ja.«

»Dann wollen wir mal wieder auf harmlos machen.«

»Wir können ja ein wenig herumschnurren und um seine Beine streichen«, schlug Murmel vor. »Dann rückt er vielleicht ein Leckerli raus.«

»Och nö«, meinte Atze.

»Ich habe keine Lust«, weigerte sich Omo ebenfalls.

»Typisch, bleibt wieder alles an mir hängen.«

Da hörten sie, wie der Schlüssel ins Schloss geschoben wurde.

»Es geht los. Benehmt euch wie richtige Katzen.«

Die Tür öffnete sich, und der Weihnachtsmann trat vorsichtig ein.

»Hey, Shit«, sagte Atze leise, »das ist ja gar nicht Udo.«

Fritzi Schröder hatte alles genau geplant. Schon als der dicke Udo ihm das erste Mal von den Weihnachtsbräuchen in der Herrengasse erzählt hatte, war ihm klar gewesen, dass das eine Superchance war, um richtig abzuräumen.

Als Udo dann das nächste Mal zum Ficken nach Hamburg kam, hatte er ihn ordentlich ausgequetscht. Und zwar hinterher, da wurde Udo nämlich immer ganz sentimental. Fritzi brauchte nur ein bisschen auf die Tränendrüse zu drücken, von wegen Weihnachten und so, und schon plapperte der Dicke alles aus. Hey, fünf Jahre auf dem Strich in St. Georg? Da konnte Fritzi einer Nonne was von Jesus erzählen, bis sie Halleluja sang. Jedenfalls, als Udo ihm gerade die Tür geöffnet hatte, war er gar nicht mehr sentimental: »Mensch, Fritzi, spinnst du, hier aufzukreuzen?«, hatte er noch gerufen. Aber dann hatte Fritzi ihm auch schon eins über die Rübe gegeben. Dann war Ruhe. Jetzt lag er gut verschnürt in seiner Badewanne, und Fritzi war sicher, dass Udo den Bullen bestimmt nicht stecken würde, wer ihm die Kopfnuss verpasst hatte …

Morgen geht es weiter

Hier aufschlitzen

3. Dezember

Natürlich war ihm dieser blöde Mantel viel zu weit, aber eine bessere Tarnung gab's nicht. Deswegen hatte Fritzi auch den Bart umgeschnallt. Jetzt musste er sich ranhalten. Anderthalb Stunden hatte er, da wollte er möglichst viel im Sack haben. Fritzi hatte geplant, im letzten Haus anzufangen. Das war schlau, dann brauchte er den vollen Sack nicht so weit zu tragen. Er holte den Schlüssel mit der Nummer elf hervor, öffnete die Tür und trat vorsichtig ein. Alles ruhig. Es sah aus wie in einem verdammten Weihnachtsbarbiehaus. Dann sah er die Katzen. Und Fritzi Schröder hasste Katzen.
»Scheißviecher«, zischte er.

»Hat der Weihnachtsmann gerade ›Scheißviecher‹ gesagt?«, fragte Murmel, ohne den Blick von der merkwürdigen Gestalt abzuwenden.
»Wenn das der Weihnachtsmann ist, bin ich ein weißer Dackel«, meinte Omo.
Murmel sah auf die Freundin herab. »Coole Idee.«
»Was will der Typ?«
»Ich schätze, die Bude ausräumen«, mutmaßte Atze. Tatsächlich fing der Weihnachtsmann an, die Schränke und Schubladen zu durchwühlen. »Wo sind'n die Scheißgeschenke«, murmelte er.
»Müssen wir etwas unternehmen?«, fragte Omo.
»Was denn? Die Polizei anrufen? Fang schon mal an, die Nummer zu wählen.«
»Sehr witzig. Wir könnten rausrennen und Alarm machen.«
»Erstens ist es zu kalt. Zweitens: Wer soll uns hören, du Komikerin? Sind doch alle beim Jodeln.«
»Das geht uns nichts an«, verkündete Atze, während der Weihnachtsmann das Silberbesteck von Oma Ilse in der Hand wog, »scheißschwer« murmelte und es wieder in die Schublade warf. Dann zog er eine ziemlich krumme Zigarette aus der Tasche, die an einem Ende dicker als am anderen war.
»Bäh, jetzt will er rauchen.« Omo legte die Ohren an, während der Weihnachtsmann das kleine Ding anzündete. Sofort verbreitete sich ein muffiger Kräutergeruch im Wohnzimmer.
»Wie stinkt das denn?« Murmel rümpfte die Nase. Der Weihnachtsmann schaute sich um, dann richtete er seinen Blick auf die Katzen.
»Na los, ihr eierlosen Pisser, wo sind hier die iPhones und iPads?«
»Atze«, wandte sich Murmel an den Kater, der reglos auf der Fensterbank saß, »können wir den Typen nicht rausschmeißen?«
Der Weihnachtsmann zog an seiner krummen Zigarette und blies eine dicke Wolke Rauch in ihre Richtung. »Tief inhalieren«, knurrte er. »Ist 'ne Dröhnung, die euch echt umhauen wird.« Dann stapfte er die Treppe hoch, um die oberen Zimmer zu durchsuchen.
»Boah, das stinkt ja nach verbranntem Sofa.« Murmel drehte angewidert den Kopf zur Seite.
»Wir könnten ihm zeigen, wo die Geschenke versteckt sind«, schlug Atze vor.
»Spinnst du?«
»Was denn? Kann uns doch egal sein, was der hier einsackt. Je eher er wieder raus ist, desto besser.« Atze wandte den Blick zum Fenster und sah eine andere Katze hinter der leicht spiegelnden Scheibe. Komisch, dachte er, wo kommt die denn her?

»Mir ist ein wenig schwummerig«, meinte Omo. Sie richtete sich halb auf, schüttelte den Kopf und fiel wieder zurück.
»Hey, Flokati, was'n los?«, sagte Murmel und wunderte sich über ihr Nuscheln. Da vernahmen sie von oben ein Poltern und dann einen Fluch. Murmel schaute zur Decke hoch. »'n Denker is das aber auch nich!«
Atze legte seinen Kopf schief, die andere Katze tat es ihm nach.
»Na endlich«, grölte die Stimme des Weihnachtsmannes von oben.
»Jetzt hatter se gefunden.«
»Ich dachte immer, der Weihnachtsmann bringt Geschenke. Der hier holt sie weg.« Omo verzog das Maul, was irgendwie wie ein Grinsen aussah.
Murmel gniggerte. »Der holt se wech.«
Atze fletschte die Zähne, die andere Katze auch. Das ging ihm langsam auf die Nerven.
Von oben hörten sie, wie Papier aufgerissen wurde, und dann ein Grunzen.
»Der holt se wech«, gniggerte Murmel immer noch. Omo kriegte das Feixen nicht mehr aus dem Gesicht. Atze fauchte das Mistvieh auf der anderen Seite der Scheibe an, und das *Mistvieh* fauchte gleichermaßen zurück.
Der Weihnachtsmann kam die Treppe wieder runter. »War doch schon mal ein saugeiler Start hier.« Er blieb stehen, schaute sich um. »Boah, hab 'nen Scheißkohldampf. Wo gibt's denn hier was zu fressen? Außer den Scheißnüssen und Mandarinen.« Er legte den Sack mit der Beute auf einen Sessel und schlurfte in die Küche. Atze legte seine Pfote an die Scheibe. Dieses bescheuerte Vieh auf der anderen Seite machte ihm wirklich alles nach.
»Hey, Flokati, der holt alles wech«, gniggerte Murmel.
»Du blöde Hippiekatze«, feixte Omo.
»Boah ey, was ist das denn für ein geiles Zeug?«
Atze hatte zwar keine richtige Lust zum Kämpfen, aber ihm war klar, dass er sich diesem anderen Kater würde stellen müssen. *Der Kampf ist nun mal unser Schicksal,* dachte er in einem ungewohnten Anflug philosophischer Weite. Murmel stellte fest, dass sie einen trockenen Gaumen hatte, und Omo schüttelte immer wieder den Kopf, um das Feixen endlich loszuwerden. Auf den Weihnachtseinbrecher achteten sie alle drei nicht mehr sonderlich. Da stieß der inbrünstig hervor:
»Thunfisch, geil!«
Thunfisch?
Drei Katzenköpfe ruckten Richtung Küche. Etwa ihre THUNFISCHPASTETE?
»Atze!«, rief Murmel alarmiert und richtete sich auf. »Der will unseren Thunfisch wegfressen.«
Auch Omo kam jetzt mühelos hoch, die Augen rund, klar und empört.
»Das wär ein Fehler«, knurrte Atze, die Ohren angelegt, die Nackenhaare gesträubt.
»Was tun wir?«, fragte Omo.
»Ihn fertigmachen. Sofort! ACTION!«
Alle drei Katzen sprangen von ihren Plätzen und rannten in die Küche.
Fritzi Schröder, der noch nicht wusste, dass seine Karriere als Weihnachtsmann ebenso kurz wie erfolglos bleiben würde, hatte die Terrine mit der Thunfischpastete schon auf den Tisch gestellt. Gerade stand er gebeugt vor dem offenen Kühlschrank, weil er hoffte, zwischen den Biojoghurts und

Fair-Trade-Zimtkakaos noch ein Bier zu finden. Den Mantel hatte er aufgemacht, den Bart unter das Kinn geklemmt, und ohne es zu merken, brummte er ziemlich falsch *Frosty the Snowman.* Zwar wusste er noch irgendwo in seinem zugedröhnten Kopf, dass die Zeit für diesen Raubzug knapp bemessen war. Doch er hatte Hunger, und irgendwie fühlte er sich gut. Also scheiß drauf, dachte er gerade, als er aus den Augenwinkeln etwas Schwarzes durch die Luft fliegen sah. Im nächsten Moment landete etwas in seinem Nacken, und nadelspitze Krallen rammten sich in seinen Hals.

»RAAAHHH!«, kreischte Fritzi voller Entsetzen. Seine Hände fuhren nach oben, um das Krallenmonster in seinem Genick wegzureißen. Aber seine Arme verhedderten sich im Mantel. Er drehte sich, um irgendwie freizukommen, und sah die bunte von diesen Scheißkatzen auf dem Tisch zum Sprung ansetzen.

Im selben Moment prallte etwas gegen seinen Oberschenkel, und wieder stachen die Nadeln in sein Fleisch. Er heulte auf. Es war das weiße Drecksvieh. Er wollte es gerade packen, als Atze in seinem Genick sein Ohr zu packen kriegte. Fritzi taumelte schreiend in der Küche umher, riss den geplünderten Adventskalender von der Wand und fegte gleich noch zwei pausbäckige Engel von einem Sideboard.

Da sprang nun auch Murmel los. Fritzi begriff es, als ihre Pfoten vom Tisch abhoben, erkannte es in ihren irren Augen, vor allem aber daran, welch sensibles Ziel sie sich ausgesucht hatte. Er wollte es noch verhindern, aber das Dope brachte seine Körperkoordination durcheinander. Wie von selbst bewegten sich seine Hände, um abwechselnd das Viech in seinem Nacken und das an seinem Oberschenkel wegzureißen. So konnte er nicht verhindern, dass diese Patchwork-Piss-Katze ihm genau in den Schritt sprang.

Zwar schafften es ihre Krallen nicht, durch den Stoff der Jeans an seine Eier zu kommen, doch mittlerweile war er völlig in Panik. In seiner von zahlreichen Drogen beeinträchtigten Wahrnehmung wuchsen die Katzen zu mörderischen Ungeheuern. Er stolperte aus der Küche, stieß sich den Kopf an einem Rentier im Mistelzweig und bekam dann endlich mit einer Hand Atze in seinem Genick zu fassen. Er zerrte an ihm, was ihn allerdings noch wilder zu machen schien, und schrie erneut, als Atze seine Finger blutig fetzte. Aber immerhin verschwand der schwarze Kater aus seinem Nacken. Doch als Fritzi gerade Murmel von seiner Hose reißen wollte, weil er deren Krallen an den Eiern zu spüren begann, sah er Atze erneut zum Sprung ansetzen. Ruckartig flüchtete er die Treppe hoch und schlug dabei nach Murmel, die sich sofort von ihm löste, aber anstatt zu verschwinden, vor ihm die Stufen hochrannte.

Fritzi stolperte weiter. Mit einem Mal löste sich auch Omo von ihm, blieb ihm aber, ebenso wie Atze, dicht auf den Fersen. In Fritzis Adern tobten nun das Adrenalin, das Dope und noch Reste anderer Drogen, die er sich heute reingepfiffen hatte. Er versuchte in eines der Zimmer zu gelangen und die Scheißkatzen auszusperren. Aber da hackte Omo wieder ihre Krallen in sein Bein. Er stolperte nach vorne, kniete auf dem Treppenabsatz. »Geht weg«, kreischte er. Doch schon hechtete Atze heran. Fritzi hob den Arm, um ihn abzuwehren, als aus dem Schatten des Flures Murmel herangesprungen kam.

Das war zu viel für Fritzi Schröder. Er sprang auf, trat dabei auf den Mantel und verlor das Gleichgewicht. Die ganze Welt drehte sich, krachte auseinander.

Krachte auseinander?

In grenzenlosem Erstaunen gewahrte Fritzi, dass er waagerecht in der Luft schwebte. Erst verzögert realisierte er, dass er gegen das Treppengeländer gestürzt war und es geräuschvoll nachgegeben hatte.

Jetzt schien die Welt zum Stillstand gekommen zu sein. Er hing in der Luft. Direkt unter sich sah er auf den Weihnachtsbaum herab, der Stern zeigte genau auf seinen Bauch. Und die Katzen? Sie saßen auf der Treppe und schauten interessiert zu, wie er fiel. Und erst da begriff er, dass er fiel.

Und dass der Moment des Stillstands nur Illusion gewesen war.

Fritzi Schröder knallte in den prächtig geschmückten Weihnachtsbaum. Dabei rammte sich zwar der Stern – das massive Erbstück von Oma Ilse – in seinen Bauch, aber das brachte ihn nicht um. Ihm wurde zum Verhängnis, dass sich die Lichterkette um seinen Hals wickelte und er schließlich so hilflos in den Ästen hängen blieb, dass er feierlich stranguliert wurde. Fritzi Schröder litt nicht lange. Mit einer seiner letzten Zuckungen setzte er unabsichtlich den Blinkmechanismus der Lichterkette und den MP3-Player in Gang. Das Letzte, was Fritzi Schröder hörte, war ein andachtsvolles *Ihr Kinderlein kommet.*

Atze, Murmel und Omo bestaunten mit großen Augen das blinkende und singende Spektakel.

»Wow«, machte Murmel.

»Das wäre erledigt«, meinte Atze zufrieden.

»Ich habe Hunger«, sagte Omo.

Die Polizei konnte sich den Ablauf der Ereignisse nicht wirklich erklären. Zwar titelte die Lokalzeitung am nächsten Tag griffig: »Weihnachtsmann erhängt sich in Weihnachtsbaum«. Aber natürlich glaubte niemand an einen Suizid. Und auch der etwas lädierte Udo konnte nichts zur Aufklärung des Geschehens beitragen. Immerhin war außer dem wegen diverser Delikte vorbestraften Friedrich Schröder niemand ernsthaft zu Schaden gekommen. Nun ja, die Kinder waren natürlich schockiert gewesen, als sie, voller Vorfreude aus der Kirche nach Hause kommend, statt der erwarteten Geschenke einen erhängten Hamburger Stricher in der singenden Lichterkette vorfanden. Doch sie verdauten dieses Erlebnis erstaunlich rasch. Dass der böse Mann, der sich kriminellerweise als Weihnachtsmann verkleidet hatte, dafür sogleich seine Strafe bekommen hatte, empfanden sie als überaus gerecht.

Auch Jutta und Jochen Leithäuser bedauerten eher den zerstörten Baum als das darin geendete Leben. Was ihnen ein Rätsel blieb, war das Verhalten ihrer Katzen. Atze, Omo und Murmel waren bisher wirklich nicht durch Fressgier aufgefallen. Aber die Terrine mit der Thunfischpastete war vollkommen leer gefressen gewesen. Und die kugelrunden Bäuche der drei Katzen ließen auch keinen Zweifel daran aufkommen, wer sich die Drei-Tage-Portion mit einem Mal einverleibt hatte.

»Wenn sie uns doch nur davon erzählen könnten«, seufzte Jutta Leithäuser und hatte einen kurzen Moment lang das irritierende Gefühl, dass die Katzen sich irgendwie zugrinsten.

Ende

Hier aufschlitzen

4. Dezember

INGRID NOLL

Der Schneeball

Irgendwo in Deutschland

Es war Sommer, als ich Claudia kennenlernte. Meine Wohnung war eng, dunkel und hatte keinen Balkon. Es bot sich geradezu an, bei schönem Wetter mit einem Tütchen Himbeerbonbons in der Tasche und dem Laptop unterm Arm das stickige Haus zu verlassen. Gleich um die Ecke gab es einen Kinderspielplatz, wo es meistens erst am Nachmittag laut und betriebsam zuging.

An jenem warmen Julimorgen saß ich auf einer Bank und schrieb an meiner überfälligen Semesterarbeit: »Die militante Kinderstube«. Es ging um Kriegsspielzeug, mit dem seit Ewigkeiten die kleinen Buben auf ihre angebliche Bestimmung vorbereitet werden, so wie man die Mädchen mit Puppenküchen ködert. Auf dem Spielplatz war es angenehm still, nur eine alte Frau saß strickend auf der Nachbarbank und bewachte den Inhalt eines Kinderwagens; ich konnte ungestört arbeiten.

Plötzlich war es mit der Ruhe vorbei. Eine Frau tauchte mit einem Knaben auf, den man schon aus der Ferne brüllen hörte: »Gib mir meine Wasserpistole wieder!« Ich blickte auf. Es war zwar eine schöne junge Mutter, die sich da mit ihrem aufsässigen Sohn abplagte, aber wahrscheinlich hatte es wenig Sinn, hier sitzen zu bleiben. Ich kenne solche Situationen: Kinder im Vorschulalter sind Nervensägen und machen ein konzentriertes Arbeiten fast unmöglich.

Gerade wollte ich aufstehen, als der Junge anfing zu singen. Aber im Gegensatz zu anderen Müttern, die sich bei Gesangsdarbietungen ihrer Kids mit stolzem Lächeln nach Publikum umschauen, zischte sie aufgebracht: »Du weißt genau, dass ich dieses Lied nie wieder hören will!«

Nun war ich neugierig geworden. Sang ein Fünfjähriger bereits unanständige Lieder? Oder war die Mutter eine besonders prüde oder humorlose Frau? Ich schaltete mich ein und gab mich als Student der Sozialpädagogik zu erkennen und somit als Profi in der Kindererziehung aus.

Obwohl sie sicherlich ein paar Jahre älter war als ich und im Gegensatz zu mir praktische Erfahrungen im Umgang mit einem Kind hatte, fiel sie sofort darauf herein. »Es ist mir so peinlich!«, sagte sie. »Aber Nicos neunzigjähriger Urgroßvater wohnt bei uns im Haus; er macht sich einen Spaß daraus, dem Kind völlig abwegige Gedichte und Lieder beizubringen. Leider ist mein Mann ganz anderer Meinung und findet, ich würde das viel zu ernst nehmen.«

Nico spitzte aufmerksam die Ohren. »Willst du das Lied hören?«, fragte er mich wie einen Schiedsrichter. Seine Mutter schüttelte den Kopf, ich nickte.

Der Kleine baute sich vor mir auf und begann:

Wer will unter die Soldaten,
der muss haben ein Gewehr,
der muss haben ein Gewehr,
das muss er mit Pulver laden
und mit einer Kugel schwer …

Sozusagen von Berufs wegen war ich fasziniert, während Nicos Mutter wie ein Teenager errötete. Ich ließ mir den Text noch einmal aufsagen und notierte alles in meinem Laptop. Die zweite Strophe war ebenso martialisch wie die erste:

Der muss an der linken Seite
ein scharfen Säbel han,
dass er, wenn die Feinde streiten,
schießen und auch fechten kann …

Mit erstaunten Kulleraugen verfolgte die blonde Frau, wie der anstößige Text auf dem Display erschien und abgespeichert wurde. Vielleicht hielt sie mich in ihrem ersten Schrecken trotz meiner langen Haare für einen Rechtsradikalen und begann sich vor mir zu fürchten. Leicht amüsiert erklärte ich, dass dieses Lied eine gute Ergänzung zu meinem ganz und gar pazifistischen Aufsatz sei, der sich mit den Auswüchsen des Militarismus in der Kinderstube des 19. Jahrhunderts befasse. Es war bemerkenswert, wie rasch ihr Misstrauen in Bewunderung überging.

Gegen Mittag folgte ich ihr nach Hause, weil sie für den hungrigen Sohn und den zahnlosen Großvater Spaghetti kochen wollte. Ich hätte zwar lieber wie bei meiner eigenen Mutter getafelt, denn Nudeln konnte ich auch selber zubereiten. Aber es schmeckte nicht schlecht, Nico bekam zum Abschluss meinen letzten Himbeerbonbon und ich ein Küsschen.

Es war fast selbstverständlich, dass wir uns am nächsten Tag auf dem Spielplatz wiedertrafen.

Unser Verhältnis dauerte den ganzen Sommer lang. Claudias Mann hatte beruflich in Kanada zu tun und wurde glücklicherweise erst im September zurückerwartet. Gegen elf Uhr nachts, wenn Nico und der Opa schliefen, war meine Stunde gekommen; bevor es hell wurde, schlich ich wieder davon. Es war eine schöne Zeit.

Im Herbst wurde es mir auf dem Spielplatz zu kühl, außerdem besuchte Nico jetzt wieder den Kindergarten. Da der Ehemann und Vater zurückgekehrt war, musste unsere Affäre abrupt beendet werden. Ich weiß nicht genau, wie es Claudia erging, aber ich litt wie ein ausgesetzter Hund. Es war kein großer Trost, dass meine Arbeit über die militante Kinderstube mit einer sehr guten Note bewertet wurde.

Kurz vor Weihnachten teilten mir meine Eltern schriftlich mit, dass sie in diesem Jahr das Fest im Kreise gleichgesinnter Rentner auf Mallorca feiern wollten. Mit anderen Worten: Sie hielten mich nicht mehr für ihren kleinen Tommy, der an den Weihnachtsmann glaubt. Ich konnte sehen, wo ich blieb. Zwar gab es verschiedene halbherzige Versuche, gemeinsam mit Freunden etwas zu unternehmen, aber schließlich blieb ich doch zu Hause und tat mir leid.

Meinen einsamen Weihnachtsnachmittag gestaltete ich hauptsächlich mit dem Kinderprogramm im Fernsehen, den Abend mit den Resten verschiedener Flaschen. Gegen Mitternacht brummte mir der Kopf, und ich verließ das Haus, um klarer denken zu können. Es schneite seit Stunden, so wie es sich viele Menschen – außer meine egoistischen Eltern – inbrünstig gewünscht hatten.

Vor dem Haus meiner Geliebten blieb ich stehen; wie ich wusste, schlief das Ehepaar getrennt. Claudias Schlafzimmerfenster war noch erleuchtet, und ich wurde von sehnsüchtigen

Gefühlen geradezu überwältigt. Wie schön wäre es, wenn sie jetzt das Fenster weit öffnen würde, um für die Nacht noch einmal frische Luft hineinzulassen!

Der Schneeball war rasch geknetet und traf perfekt. Aber statt eines sanften, watteweichen Aufpralls, der meine zärtlichen Absichten wie ein Hauch verkünden sollte, schepperte es ohrenbetäubend. Unabsichtlich hatte ich offenbar einen Stein eingebacken und die Scheibe wie mit einem Geschoss zertrümmert.

Gebannt blieb ich stehen, denn Claudia musste wohl oder übel reagieren, wenn auch sicherlich nicht mit großer Begeisterung. Aber am Heiligabend sollten kleine Sünden ja leichten Herzens vergeben werden.

Statt des beschädigten Fensters wurde jedoch die Haustür aufgerissen, und ein großer Mann in Pantoffeln und Schlafanzug schlappte, so stramm es ging, auf mich zu. Mir rutschte nicht nur das Herz, sondern auch reichlich Schnee in die Hose, denn bei meinem eiligen Start glitschte ich schon nach wenigen Metern aus und fiel rücklings hin.

Claudias Mann war ein Riese, der mich wie einen Zwerg mit einer Hand in die Senkrechte zog. »Das gibt eine Anzeige!«, schnauzte er. »Einfach weglaufen, das könnte Ihnen so passen! Sie kommen jetzt mit ins Haus, und ich rufe die Polizei.« Meinen Beteuerungen, den Schaden ersetzen zu wollen, schenkte er keinen Glauben. Kurz darauf saß ich neben einem prächtig geschmückten Tannenbaum und legte dem erzürnten Hausherrn meinen Ausweis vor.

In diesem Moment kam Claudia in einem hellgelben Negligé herein und brach bei meinem Anblick in markerschütterndes Gekreische aus.

»Leg dich wieder schlafen«, sagte ihr Mann, »die Angelegenheit ist sofort erledigt.«

»Bitte tu ihm nichts!«, winselte sie.

»Bloß keine Hysterie, meine Liebe«, sagte er, »es ist nur ein Besoffener, der nach vollendeter Tat schnell abhauen wollte. Vandalismus ist aber kein Kavaliersdelikt.«

Und zu mir gewandt: »Schämen sollten Sie sich! Für Lausbubenstreiche sind Sie zu alt! Wie soll ich jetzt an den Feiertagen und bei diesem Wetter einen Glaser herkriegen!«

Leider verzog sich Claudia immer noch nicht, sondern heulte und zitterte, was das Zeug hielt. »Er ist doch gar kein Einbrecher!«, schluchzte sie, obwohl das niemand behauptet hatte.

Um sie zu beruhigen, trat ich an den Wandschrank und holte die Wodkaflasche und ein Gläschen heraus.

»Danke, das tut gut«, sagte sie und trank aus.

Nun erst begann ihr Mann, hellhörig zu werden. Er musterte seine Frau argwöhnisch und fragte: »Kennst du diesen hergelaufenen Penner etwa?«

»Nein«, sagten Claudia und ich wie aus einem Munde, aber nun brüllte er: »Wie kann er wissen, wo mein Schnaps steht?«

Wahrscheinlich war er viel zu laut geworden, denn Nico wurde wach und betrat nun ebenfalls die Bühne. Verpennt, zerstrubbelt und barfuß stand er in der offenen Tür und zielte mit einem Plastikcolt direkt auf mein Herz. »Schade«, sagte er und ließ die Waffe sinken, »es ist ja gar kein Räuber, sondern nur der Tommy!«

Nicos Vater packte seinen Sohn am Schlafittchen. »Woher kennst du diesen Kerl?«, fragte er.

»Vom Spielplatz natürlich«, sagte Nico, »das ist doch der gute Onkel, der mir immer Bonbons schenkt!«
Natürlich trug diese Aussage nicht unbedingt zu meiner Entlastung bei. Aber jetzt meldete sich erst einmal Claudia zu Wort, um mit einem erzieherischen Anliegen von der eigenen Person abzulenken. »Woher hast du diese schreckliche Waffe?«, herrschte sie ihren Sohn an.
»Von Opa natürlich«, sagte Nico und rieb sich die müden Augen.
Das Familienoberhaupt nahm dem Kind die Knarre weg. »Die sind aber heutzutage schwer, diese Dinger«, stellte er fest und gab Nico einen Klaps auf den Po. »Geh wieder ins Bett«, befahl er, »und gewöhn dir ein für alle Mal ab, auf Menschen zu zielen!«
Nico wandte sich zur Tür, die vielen Fragen und Verbote wurden ihm ohnedies lästig. »Was ist eigentlich *zielen?*«, fragte er, wohl um noch ein wenig Zeit zu gewinnen.
»Aber Nico, das weißt du doch genau«, sagte der Vater und richtete den Revolver demonstrativ auf mich, »*zielen* geht sooo …! Und nimm nie wieder von einem fremden Onkel Bonbons an …«
Ich stand auf und wollte mich, gemeinsam mit Nico, aus dem Raum stehlen.
In diesem Augenblick krachte ein Schuss los. Ich spürte so etwas wie einen Schlag am rechten Bein und stürzte gegen den Weihnachtsbaum.
In ihrem panischen Schrecken schrie sich Claudia fast die Seele aus dem Leib, Nico heulte los wie eine Sirene, der schwere Baum neigte sich ächzend aus seinem allzu zierlichen Ständer und donnerte schließlich unter dem nicht enden wollenden Klirren der vielen Glaskugeln zu Boden. Und zu allem Unglück hatte entweder der Baum oder ich die offene Wodkaflasche mitgerissen, sodass sich das helle Wässerchen mit meinem Blut zu einem ekligen Cocktail vermischte.
Die Kugel in meiner Wade musste operativ entfernt werden, verursachte aber glücklicherweise keine bleibenden Schäden. Am zweiten Feiertag besuchte mich Claudia im Krankenhaus. Sie erzählte, dass sich ihr Mann bisher vergeblich um einen Glaser und um die Einweisung des militanten Großvaters in eine psychiatrische Klinik bemüht habe.
Als ich am nächsten Tag glücklich wieder im Bett meiner ausgekühlten Wohnung lag, erhielt ich einen Anruf meiner Mutter aus Mallorca. Sie schwärmte davon, dass sie den mittäglichen Espresso bei schönstem Sonnenschein auf der Terrasse trinke. Meine Eltern vermissten mich offenkundig nicht sonderlich, aber sie ahnten natürlich nicht, was ein Schneeball alles bewirken kann und wie knapp ihr armer Tommy dem Tod entronnen war.

Ende

Hier aufschlitzen

5. Dezember

ZOË BECK

Dorianna

Hamburg

Geschrieben mit Filzstift auf Küchenrollenpapier. Gefunden neben einem überfüllten Papiercontainer in der Kronprinzenstraße, Ecke Wildenbruchstraße (Blankenese/Nienstedten).

10.12.11
Ich habe immer noch nicht geschlafen.
Letzte Nacht habe ich nicht mal ein paar Minuten geschafft. Dafür bin ich tagsüber ständig eingenickt. Man bekommt nicht viel Geld zusammen, wenn man am Gänsemarkt sitzt und schläft, die Leute wollen das Gefühl haben, dass sie jemandem Geld geben, der etwas tut. Mitleid erregend schauen und ihnen einen schönen dritten Advent wünschen, zum Beispiel. Oder sie geben es jemandem, dem etwas fehlt, abgesehen von einer Wohnung. Ein Arm, ein Bein. Ich habe mal eine Frau gesehen, der ein Ohr fehlte. Sie bekam fünfmal so viel Geld, wenn sie keine Mütze trug. Deshalb musste sie immer für den Winter sparen. Sie kam aus Baden-Baden, hat sie gesagt. Ihr Mann hat ihr im Streit das Ohr abgerissen, und danach hat sie Baden-Baden verlassen. Ich habe aufgehört zu sagen, dass ich nicht weiß, woher ich komme. Die anderen denken dann immer, ich will mich nur wichtigmachen. Also sage ich: Ich komme aus einem Dorf hundert Kilometer von hier. Noch nie hat einer gefragt, wie das Dorf heißt, dabei habe ich mir einen schönen Namen ausgedacht: Ulmenhorst. Ich mag den Klang.
Die Leute, die am Gänsemarkt ihr Geld spazieren tragen, können nicht sehen, was mir fehlt: Schlaf. Sie denken, ich bin betrunken und nicke deshalb kurz ein. Eine betrunkene Frau finden sie noch widerlicher als einen betrunkenen Mann, das weiß ich, manche sagen es laut. »Sieh dir die Frau an, das versoffene Stück, die hat's nicht besser verdient.« Das hat mal eine Frau gesagt. Aber ich trinke ja nicht, wie denn, mit der halben Leber. Der Arzt damals sagte, Trinken sei jetzt ganz schlecht. Eine Niere fehlt mir noch, aber das können die Leute auch nicht sehen. Deshalb sehen sie mich lieber gar nicht.
Der Winter kommt spät in diesem Jahr, aber er kommt. Es wird Zeit, woanders zu schlafen. Ich kann nicht länger auf dem Hochsitz im Volksdorfer Wald bleiben. Ich will nicht ins Asyl, ich will nicht zu den anderen. Ich will alleine sein. Ich muss mir etwas Neues suchen. Vielleicht im Westen. Einfach ans andere Ende der Stadt.
Es wird Schnee geben, ich kann ihn schon riechen.

13.12.11
Ich habe immer noch nicht geschlafen.
Jetzt bin ich in Blankenese. Es gibt ein paar andere, sie lassen mich mit ihnen zusammen an der S-Bahn gebrauchte Tageskarten verkaufen. Und wir erklären den Leuten, wie der Fahrkartenautomat funktioniert. Das gibt immer ein paar Cent. Ich hätte schon viel früher herkommen sollen, aber es hieß immer, am Gänsemarkt lässt sich mehr Geld machen, da sind alle Touristen, da ist Platz für alle.

Ich weiß nicht, wo die anderen schlafen, es interessiert mich nicht. Ich habe ein Restaurant gefunden, das leer steht. Es gibt noch Wasser und Strom, und in den letzten drei Tagen ist niemand gekommen. Vielleicht kommt sogar bis zum Frühjahr niemand. Gegenüber ist ein Café, es läuft sehr gut, und manchmal schließen sie nachts den Hintereingang nicht ab. Ich war letzte Nacht dort, als ich nicht schlafen konnte, um mich aufzuwärmen. Es roch so gut nach selbst gebackenem Kuchen und Kaffee, ich glaube, der Duft hängt dort immer in der Luft.
Ich habe jemanden gesehen, eine Frau, und sie kam mir bekannt vor. Es ist das erste Mal in fast genau zwei Jahren, dass mir jemand bekannt vorkam. Die Frau war in dem Café, ich habe sie durch die Scheibe gesehen. Ich weiß nicht, woher ich diese Frau kennen soll. Sie war sehr elegant gekleidet, und sie muss sehr viel Geld haben. Sie fuhr mit einem riesigen Porsche Cayenne weg. Ich muss diese Frau finden, vielleicht erkennt sie mich auch, und dann kann sie mir sagen, wer ich bin.

14.12.11
Ich habe immer noch nicht geschlafen.
Gestern Abend, als ich in mein Lager in dem leeren Restaurant verschwinden wollte, hat mich Kalle gefragt, wo ich herkomme. Kalle heißt nicht Kalle, aber alle nennen ihn so. Er hat mal versucht, von einem Dach zu springen, um sich das Leben zu nehmen, aber es hat nicht geklappt. Daraufhin nannten ihn alle Karlsson vom Dach, und irgendwann nur noch Kalle. Ich wollte Kalle das mit Ulmenhorst erzählen, aber ich brachte es nicht raus, weil ich immer noch an die Frau denken musste, die mir bekannt vorkam. Also sagte ich ihm: »Ich weiß es nicht. Ich bin vor zwei Jahren im Krankenhaus von Brunsbüttel aufgewacht. Es war Heiligabend, und der Arzt sagte, ich wäre sehr schwer am Kopf verletzt gewesen, und sie hätten mich operiert und anschließend in ein künstliches Koma versetzen müssen.« Kalle fragte natürlich, ob ich versucht hätte, von einem Dach zu springen. Ihn hatten sie auch in ein künstliches Koma versetzt, damit kannte er sich aus. Ich konnte es ihm nicht sagen. »Sie haben mich am Elbstrand auf Höhe von St. Margarethen gefunden. Sie sagten, wahrscheinlich hätte mich jemand überfallen. Ich hatte kein Geld und keine Papiere und gar nichts dabei, und jemand hat mir den Schädel eingeschlagen. Sie haben wochenlang versucht, jemanden zu finden, der mich kennt, aber niemand hat sich gemeldet. Und als ich aufwachte, konnte ich mich an nichts erinnern. Sie haben ein paar Tests mit mir gemacht und gesagt, ich hätte wohl mindestens Abitur, eine Ausbildung oder ein Studium mit betriebs- oder finanzwirtschaftlichem Schwerpunkt, sei allem Anschein nach protestantisch erzogen und politisch möglicherweise linksliberal eingestellt. Das ist alles, was ich weiß. Ich habe keine Ahnung, wie alt ich bin und wer meine Eltern sind. Ich weiß nur, dass ich nicht schlafe, seit sie mich aus dem Koma geholt haben. Ich schlafe keine einzige Nacht. Und ich hatte nicht allzu lange vor meiner Kopfverletzung zwei Operationen. Eine Niere wurde mir entfernt, und ein Stück meiner Leber. Lebendorganspenden, aber an wen und warum ließ sich nicht feststellen.« Kalle schien beeindruckt. »Krasses Leben«, sagte er. »War bestimmt nicht leicht.« Ich sagte: »Ich weiß es nicht. Aber jetzt habe ich eine Frau gesehen, die mir bekannt vorkam. Ich muss sie fragen, ob sie mich kennt.« Kalle nickte gelassen: »Dann fragen wir sie, wenn sie wiederkommt.«
Es schneit immer noch.

16.12.11

Ich habe immer noch nicht geschlafen.

Ich fühle mich furchtbar alt und ausgelaugt. Jeden Tag fühle ich mich so. Im Krankenhaus sagten sie, sie schätzen mich auf fünfzig, andererseits gäbe es aber auch Anhaltspunkte dafür, dass ich um einiges jünger sei. Ob ich ein hartes Leben hätte. Ob ich Drogen nehme und Alkohol trinke und stark rauche. Ich wusste es nicht, und nach einigen Tests kamen sie zu dem Ergebnis, dass ich ein Rätsel sei. Ich hätte alle Anzeichen für schweren Drogenmissbrauch, und gleichzeitig gäbe es keinerlei Hinweise darauf, dass ich welche genommen hätte. Längst hätte ich Entzugserscheinungen zeigen müssen, aber keine Spur davon. Keine Ablagerungen im Haar, keine Einstichstellen, keine Nikotinflecken an den Fingern, ich weiß gar nicht mehr, was sie noch alles aufgezählt hatten.

In der Gaststätte hängt ein Spiegel auf dem Klo. Ich sehe mich darin nicht gerne an, weil ich so alt und kaputt aussehe. Mir sind im Sommer sogar ein paar Zähne ausgefallen.

An wen erinnert mich diese Frau?

Letztes Jahr am 24.12. habe ich meinen ersten Geburtstag gefeiert. Die Alster war zugefroren, und alle kamen ständig dorthin. Es gab viel Geld in der Zeit. Davon kaufte ich mir einen kleinen Kuchen mit einer Kerze. Eine Frau von der Caritas sprach mich an und sagte: »Es gibt Unterkünfte, da ist es warm.« Aber ich will nicht in die Unterkünfte. Die meisten Frauen sind in Unterkünften, weil sie Angst vor der Straße haben. Ich habe nur Angst vor den Unterkünften, weil ich denke, wenn ich einmal dort war, komme ich nie wieder weg.

Übermorgen ist der vierte Advent.

Ich muss mir überlegen, was ich an meinem zweiten Geburtstag machen will.

Die Frau ist noch nicht wieder aufgetaucht.

17.12.11

Ich habe immer noch nicht geschlafen.

Heute in genau einer Woche kann ich meinen zweiten Geburtstag feiern. Kalle meint, dass ich erst Ende zwanzig bin. »Ich kenne die Menschen, besser als jeder andere. Ich weiß alles über sie. Ich kann dir aber nicht sagen, warum du so viel älter aussiehst. Du bist ja noch keine zwei Jahre auf der Straße, und du säufst nicht. Vielleicht was mit den Genen.« Das mit den Genen hatten sie im Krankenhaus auch vermutet. Aber sie fanden nichts, was auf eine seltene Krankheit oder Genmutation hinwies. Irgendwann gaben sie auf und überwiesen mich an das UKE in Hamburg. Die wussten noch weniger mit mir anzufangen. Kaum war mein Schädel wieder richtig zusammengewachsen, verschwand ich von dort, weil ich genug hatte. Aber ich wusste immer noch nicht, wie ich hieß. »Ich hab auch längst vergessen, wie ich heiße«, sagte Kalle. »Hast du nicht«, sagte ich. »Na gut, hab ich nicht. Ich will damit doch auch nur sagen, dass es gar nicht so wichtig ist, wer man mal war.« Vielleicht hat er recht. Ich will es trotzdem wissen. Auch, wo meine zweite Niere ist. Und der Rest von meiner Leber.

Es schneit immer noch. Ich habe die Frau heute gesehen. Sie saß in ihrem Porsche Cayenne und fuhr auf den Bahnhofsvorplatz. Sie ging zum Zeitschriftenladen und kaufte sich ein Managermagazin und eine *Financial Times*. Ich wollte näher an sie ran, aber natürlich ließ mich der Verkäufer nicht in den Laden. Ich habe mir das Kennzeichen gemerkt. Ich gehe einfach alle Straßen ab und suche ihr Auto. Es wäre ein schönes Geburtstagsgeschenk, wenn ich sie finden könnte. Kalle sagt, er hilft mir. Aber er schläft immer so viel.

18.12.11
Ich habe immer noch nicht geschlafen.
Kalle ist mir zuliebe wach geblieben. Wir sind ganz Blankenese abgelaufen, in Garagen eingestiegen, auf Grundstücken herumgeirrt. Wir haben uns fünf Schneeballschlachten geliefert, und in einem Garten haben wir einen Schneemann gebaut. »Ich weiß gar nicht, was du hast. Es ist doch viel schöner, nachts wach zu sein, wenn alle schlafen«, sagte Kalle. »Wenn ich dafür tagsüber schlafen könnte«, sagte ich.
Wir fanden das Auto. Es stand in einer Garage, die zu einer Villa in der Reichskanzlerstraße gehört. »Hier wohnt sie also«, sagte ich und suchte das Klingelschild. Da waren nur die Initialen DK zu lesen. Weder das Haus noch die Initialen halfen meiner Erinnerung auf die Sprünge. »Wir können vorm Haus warten, bis es Morgen wird und sie rauskommt«, sagte ich. »Wir erfrieren, wenn wir das machen«, sagte Kalle. Es schneite immer noch. »Gehen wir wieder. Du kannst dich morgen früh vor die Tür stellen und warten.«
Als ich gegen acht ankam, waren bereits frische Reifenspuren im Schnee. Sie musste gerade weggefahren sein. Ich wartete in der Hoffnung, sie sei nur Brötchen holen gefahren, aber dann vertrieben mich die Nachbarn. Ich fragte noch nach dem Namen der Frau, da wurden sie so richtig wütend und tippten schon die 110 in ihre Handys. Ich muss abends wiederkommen, wenn es dunkel ist. Ich werde einfach bei ihr klingeln.
Als ich bei Kalle und den anderen am S-Bahnhof war, schlief ich für ein paar Minuten ein. Ich träumte von der Frau, sie stand hinter einer Scheibe und machte alles nach, was ich machte. Sie stand in einem Garten, und es war Sommer.
Der Schnee hört nicht auf.

19.12.11
Ich habe nicht geschlafen.
Gestern Abend war ich bei ihr. Ich versteckte mich im Garten, wegen der Nachbarn, und als sie endlich kam, war es schon neun. Ich wartete, bis sie im Haus war, und beobachtete sie durch das Fenster. Ich erinnerte mich an meinen kurzen Traum und machte absurde Bewegungen, aber sie machte sie mir nicht nach. Sie telefonierte, sie trank ein Glas Wein, sie schaltete den Fernseher an und las gleichzeitig in einem Buch. Sie sieht so alt aus, wie ich sein soll, wie Ende zwanzig oder Anfang dreißig. Sie hat gepflegtes langes dunkles Haar, eine perfekte weiße Haut, eine perfekte Figur. Sie kleidet sich wie alle Frauen hier, mit engen Jeans, hohen Stiefeln und engem Kaschmir-Pullover, nur dass sie darin viel besser aussieht als alle anderen.
Ich stand eine halbe Ewigkeit am Fenster, aber mir fiel nicht ein, woher ich sie kannte. Dann machte sie das Licht aus, und im schwachen Schein, der von der Weihnachtsbeleuchtung der Nachbarn auf ihr Grundstück drang, sah ich mein Spiegelbild auf der Fensterscheibe.
Sie war mein Spiegelbild.
Ich erschrak fast zu Tode, weil ich dachte, sie hätte mich entdeckt. Aber dann verstand ich, dass es wirklich nur mein Spiegelbild war …

Morgen geht es weiter

Hier aufschlitzen

6. Dezember

In einem anderen Teil des Hauses ging Licht an. Sie war in ihrem Schlafzimmer. Sie konnte offenbar schlafen, wie alle anderen Menschen auch, alle außer mir. Ich wollte aber noch nicht zurück in das leere Restaurant. Ich ging zur Garage, sie war nicht abgeschlossen, und sah mir den Wagen an. Auch der war nicht abgeschlossen. Ich öffnete die Fahrertür und setzte mich hinter das Steuer. Sie musste so groß sein wie ich, der Sitz war perfekt für mich eingestellt. Meine Füße suchten die Pedale, meine Hände umfassten das Lenkrad, und ich verstand: Ich habe einen Führerschein, ich kann Auto fahren. Zwei Jahre lang hatte ich das nicht gewusst. Ich wollte gerade aussteigen, als ich im knirschenden Schnee Schritte hörte, die auf die Garage zukamen.

Ich kauerte mich hinter den Beifahrersitz und machte mich so klein ich konnte. Eine Decke, die auf dem Rücksitz lag, zog ich über mich. Zwei Minuten später fuhren wir los. Ich weiß nicht, wie lange die Fahrt dauerte und ob wir noch in Hamburg waren, als wir hielten. Die Frau stieg aus. Sie kam nicht zurück. Ich drückte mich hoch und spähte aus dem Fenster, aber es war nichts zu sehen. Dann stieg ich ebenfalls aus und fand mich auf einem dunklen Parkplatz. Dumpfe, pulsierende Rhythmen drangen an mein Ohr. Ich folgte der Musik, die aus der Richtung der einzigen Lichtquelle weit und breit kam, bis ich vor einem alten Turm stand, der von innen blau leuchtete. Vor dem Eingang standen Leute und unterhielten sich, rauchten, tranken. Die Frau war unter ihnen. Sie trug nichts weiter als kniehohe Stiefel mit gefährlich hohen Absätzen und ein schwarzes Etwas, das wie ein langärmeliger Badeanzug wirkte, nur, dass es aus Leder war. Aus Leder? Nein, es war ein anderes Material. Künstlich, glänzend, dehnbar, ich wusste, dass ich den Namen des Materials kannte, aber er fiel mir nicht ein. Am Dekolleté war ein großes Loch in den eng anliegenden Anzug geschnitten, ihre Brüste quollen fast heraus. Ich konnte ihre Brustwarzen sehen. Die Frau rauchte und trank. Sie bekam von einem Mann, der überall – auch im Gesicht – tätowiert war und ein Halsband mit langen spitzen Eisenstäben trug, Tabletten, die sie sofort nahm. Ich sah mir die anderen an, auch sie trugen Kleidung, die nur in die Nacht, nur an einen so einsamen Ort passte. Sie schienen nicht zu frieren.

Ich hatte keinen Namen für das, was ich dort sah, aber ich wusste, es würde die ganze Nacht dauern. Niemals würde man mich hereinlassen, aber da ich nicht wusste, wo ich mich befand, blieb mir nichts anderes übrig, als zurück zu ihrem Wagen zu gehen und dort auf sie zu warten.

Ich langweilte mich nicht, weil ich über so vieles nachdenken musste. Zum Beispiel darüber, dass ich sie in meinem Spiegelbild gesehen hatte.

Morgens um halb sechs kam sie endlich wieder und fuhr zurück. Nachdem sie den Wagen geparkt hatte, blieb ich noch hinter dem Sitz, bis ich mir sicher sein konnte, dass sie weg war. Dann schlich ich mich aus der Garage. Ich blieb vor dem Haus stehen, beobachtete sie, wie sie nach oben ging, sich umzog, nach unten in die Küche kam, Kaffee trank, Zeitung las … »Es hört wohl nie auf zu schneien.« Jemand stand hinter mir. Ich fuhr zusammen. »Kalle, so was kann Leute umbringen«, sagte ich. »Du musst mal schlafen, du siehst gar nicht gut aus«, sagte er zu mir. Ich nickte. Ich hatte nach heute Nacht noch mehr als sonst das Gefühl gehabt, nicht mehr lange durchzuhalten. »Ich leg mich jetzt hin«, sagte ich. »Ich

hab eine Decke in der Kleiderkammer geschenkt bekommen. Ich will sie dir schenken«, sagte Kalle.
Er ist ein guter Freund geworden in den wenigen Tagen.

20.12.11
Ich habe nicht geschlafen.
Jedenfalls nicht richtig. Immer mal wieder bin ich für zwei Minuten eingenickt, nur um dann wieder hochzuschrecken. Die Haut auf meinem Rücken tut wahnsinnig weh und fühlt sich an wie verbrannt. Ich habe ganz viele Narben auf dem Rücken, ohne zu wissen, woher sie kommen. In den letzten zwei Jahren sind noch mehr dazugekommen. Obwohl ich mich an diese Zeit erinnere, weiß ich auch bei denen nicht, woher sie stammen. »Vielleicht gehört das zu deinen komischen Genen«, sagt Kalle.
Ich war wieder bei der Frau. Sie ist auch heute Nacht zu diesem Turm gefahren. Diesmal war ich besser vorbereitet, ich habe mir in der Kleiderkammer ein paar schwarze Sachen geholt, habe mich auf dem Klo im leeren Restaurant gewaschen und konnte mich in den Turm reinschmuggeln.
So etwas wie dort hatte ich noch nie gesehen. Jedenfalls konnte ich mich nicht erinnern. In dem zuckenden blauen Licht tanzten die Leute zu düsterer, stampfender Musik. Sie trugen Kleidung aus Leder und Plastik und anderen Materialien, deren Namen mir nicht einfallen. Manche trugen sogar Masken aus Gummi, ich glaube jedenfalls, es war Gummi. Wer keine Maske trug, war stark geschminkt, dunkle Lippen, schwarze Ränder um die Augen, manche hatten sich Muster ins Gesicht gemalt, Männer wie Frauen. Sie bewegten sich so rhythmisch und harmonisch, als wären sie alle miteinander verbunden. Aber wirklich interessant war das, was sich in den kleinen Turmzimmern abspielte, die man erreichte, wenn man die Wendeltreppe hinaufging. Dort hatte jeder mit jedem Sex. Männer, Frauen, manche schienen beides zu sein, oder keins von beidem. Sie quälten sich mit heißem Kerzenwachs, mit Peitschen, mit brennenden Zigaretten, sie genossen es und riefen nach mehr, sie sahen mich und wollten mich dabeihaben. Aber ich fühlte mich als das, was ich war, eine Zuschauerin, seltsam gelöst von der Welt, die sich mir bot. Ich war nicht schockiert oder bestürzt, ich hatte nur tief in mir ein Gefühl, das sich regte, und das Gefühl hatte etwas mit Verstehen zu tun. Ich sah die Frau, deren blinder Passagier ich geworden war, wie sie sich von drei anderen Frauen und einem Mann beherrschen ließ, sah, wie sich spitze Absätze in die weiße, makellose Haut auf ihrem Rücken bohrten, hörte, wie sie lustvoll schrie. Ich sah die Drogen, die man sich gegenseitig gab, ich sah den Exzess, und je mehr ich sah, desto mehr verstand ich.
Heute schneit es besonders stark.

21.12.11
Ich habe nicht geschlafen.
Ich war nicht wieder mit ihr in dem Turm, ich habe genug gesehen. Ich weiß jetzt, dass sie nie schläft, so wie ich, und ich weiß endlich auch, was sie tagsüber macht. Diesmal habe ich mich morgens in ihr Auto geschmuggelt. Sie fuhr zur Alster in das Parkhaus einer sehr eleganten, sehr alten Hamburger Privatbank. Wieder hatte ich das Gefühl, etwas wiederzuerkennen, ohne zu wissen, was es war und warum ich es wiedererkannte. Ich ärgerte mich. Ich hatte fast zwei Jahre lang meinen Standort am Gänsemarkt gehabt. Nur ein paar Hun-

dert Meter entfernt! Meine Erinnerung wäre vielleicht schon längst zurückgekommen, wenn ich früher schon dort gewesen wäre. Wer weiß, wen ich noch alles wiedererkannt hätte. Oder wer mich erkannt hätte. Ich ging zurück in das Parkhaus und sah mich um. Der Parkplatz, auf dem sie stand, hatte ein »Reserviert«-Schild. Darunter stand ein Name: Dr. D. König. DK waren auch die Initialen an ihrem Klingelschild in der Reichskanzlerstraße.

Ich nahm all meinen Mut zusammen und ging zur Rezeption der eleganten Bank. »Frau Dr. König arbeitet doch hier?«, fragte ich die Empfangsdame. »Frau Dr. König ist heute leider den ganzen Tag unabkömmlich. Kann ich etwas für Sie tun?«, sagte sie, doch ihr Blick ließ mich verstehen, was sie wirklich meinte: Verlassen Sie augenblicklich das Gebäude, Sie vertreiben unsere Kundschaft! Ich wollte gerade gehen, als ich mich sagen hörte: »Sie ist Ihre beste Brokerin, nicht wahr?« Die Empfangsdame lächelte kühl. »Ja«, sagte sie knapp und wandte sich wieder ihrem Computerbildschirm zu.

Es hat aufgehört zu schneien.

22.12.11

Ich habe eine Stunde geschlafen.

Es ist das erste Mal, seit ich aus dem künstlichen Koma erwacht bin, dass ich so lange am Stück schlafen konnte. Kalle sagt, er sei stolz auf mich. »Wenn du mehr schläfst, erinnerst du dich auch an mehr. Dein Gehirn muss sich mal ausruhen.«

Ja, wenn. Wenn es nur so einfach wäre. Er sagt auch, ich soll mich von der Frau fernhalten. »Kein guter Umgang. Weder da, wo sie sich nachts rumtreibt, noch da, wo sie ihr Geld verdient. Ein Haufen verlogener als der andere.« Ich frage: »Du findest die Leute im Turm verlogen? Sie leben sich doch vollkommen aus!« Kalle schüttelt den Kopf. »Nachts, wenn es keiner sieht. Und tagsüber tragen sie ihre Anzüge und machen auf sauber und adrett und lügen ihre Partner und ihre Freunde an, weil die nicht wissen dürfen, was sie nachts tun. Glaub mir, ein Haufen verlogener als der andere.«

Es schneit jetzt nur noch tagsüber. Nachts ist es ruhig.

23.12.11

Ich habe nicht geschlafen.

Ich weiß, ich habe Kalle versprochen, dass ich mich ausruhe. Und ich habe ihm auch versprochen, dass ich mich von der Frau fernhalte. Aber ich war heute Morgen bei ihr, bevor sie zur Arbeit fuhr. Ich stellte mich einfach vor ihre Haustür und klingelte. Sie öffnete die Tür, eine Kaffeetasse in der Hand, und lächelte. Dann sah sie mich und lächelte nicht mehr. Ihr Gesicht verzerrte sich, die Tasse fiel zu Boden und zersprang. Ich hörte mich sagen: »Dora«, weil mir dieser Name einfiel. Sie knallte die Haustür zu. Ich klingelte wieder. »Verschwinde!«, brüllte sie von drinnen. Ich nahm den Finger nicht mehr von der Klingel und wartete. Dann ging die Tür mit einem Ruck auf. Nur hatte sie diesmal keine Kaffeetasse in der Hand, sondern einen Hammer. Ich sah Wut und Hass in ihren Augen. Und ganz große Angst. Ohne ein weiteres Wort hob sie den Hammer und schwang ihn nach mir. Ich duckte mich gerade noch weg, sodass sie meinen Kopf nicht erwischte. Aber sie traf mich an der Schulter. Sie startete einen zweiten Angriff, wieder konnte ich nur knapp ausweichen. Dann hörte ich einen Schrei, der nicht von ihr kam. Er ließ sie in der Bewegung erstarren. Sie sah in die Richtung, aus

der er kam. Ich trat ihr gegen das Knie, sie knickte ein. Ich rannte auf die Straße, so schnell ich konnte. Dort stand Kalle und schrie immer noch. Als ich mich umdrehte, hatte sie die Tür schon wieder hinter sich geschlossen. »Die Verrückte hat versucht, dich umzubringen!«, keuchte Kalle und tastete meine Schulter ab. »Deine Schulter ist okay. Nichts gebrochen. Der Schlag ist wohl abgerutscht. Aber es wird ein riesiges Hämatom geben.« Ich sah ihn an. »Warst du mal Arzt?« Kalle lachte, aber ich wusste, dass ich recht hatte. Er brachte mich zu dem leeren Restaurant, wickelte mich in die warme Decke, die er mir besorgt hatte, und gab sein letztes Geld aus, um im Café gegenüber einen warmen Tee zu bekommen.
Kalle ist immer noch hier, er will über Nacht bleiben. Vorhin ist er eingeschlafen.
Als es dunkel wurde, hat es aufgehört zu schneien.

24.12.11
Ich habe nicht geschlafen.
Morgens um vier habe ich es nicht mehr ausgehalten. Kalle schnarchte friedlich vor sich hin, ich deckte ihn mit der warmen Decke zu und ging zu ihrem Haus. Überall liegt so hoher Schnee, sie kommen gar nicht hinterher mit dem Räumen. Ich mag den Schnee. Jedenfalls den frischen Schnee. Nicht den braunen Schnee, der schon angetaut ist und herumliegt wie etwas, das alle weghaben wollen, das aber von selbst nicht gehen will und sich festklammert wie ein verschmähter Liebhaber. Ich mag den weißen, frischen Schnee, weil alles so hübsch aussieht. Man sieht keinen Dreck mehr, keine Löcher in der Straße, keine ungepflegten Gärten, keine kranken Bäume. Die ganze Welt klingt anders, wenn überall Schnee liegt. Ihr Haus lag ganz friedlich da. Ich sah als Erstes in die Garage, ob ihr Wagen drin stand. Wie ich es mir schon gedacht hatte, war sie fort. Wie konnte sie so gut aussehen, wenn sie nie schlief? Sich mit Drogen vollpumpte? Fast jede Nacht Exzesse feierte und tagsüber einen Knochenjob als Brokerin hatte? Mir reichte schon, dass ich nicht schlafen konnte.
Mir war egal, dass ich Fußstapfen in der unberührten Schneedecke hinterließ. Mir war egal, dass ich Lärm machte, als ich ein Fenster einschlug, um ins Haus zu gelangen. Es schien mich sowieso niemand zu hören. Jedenfalls kam keine Polizei. Ich ging durch das Haus und sah mir jeden Raum an. Ich hoffte, noch etwas mehr zu finden, das meine Erinnerung anstieß. Und ich fand. Geschirr, Besteck, Möbel, Teppiche, Bilder, Bücher, Schallplatten, CDs, Kleidung. Wie konnte mir alles so seltsam vertraut sein? Manches, als gehörte es mir? Manches, als kannte ich es ein Leben lang? Ich fand mehr. Nämlich Antworten. Ich fand sie in Fotoalben auf dem Dachboden. Ein Fotoalbum aus den frühen Achtzigerjahren. Zwei kleine Mädchen. Zwillinge. Bei ihren Geburtstagsfeiern. Mit ihren Eltern. Wie sie spielten. Wie sie auf Ponys ritten. Wie sie im Hamburger Hafen auf ein Schiff kletterten. Wie sie ihre Schultüten hielten. Wie sie Urlaub am Strand machten. Wie sie älter wurden und immer noch genau gleich aussahen. Ein zweites Album aus den Neunzigerjahren, es ging bis zur Konfirmation der beiden. Kein drittes Album, nur vereinzelte Fotos. Schulzeugnisse. Kopien der Geburtsurkunden. Briefe vom Nachlassgericht. Beileidskarten.
Als ich ihre Schritte im Haus hörte, wusste ich längst alles. Ich wusste von den Zwillingen Dora und Anna König, geboren am 24.12.1981. Ich wusste von den Eltern, die ge-

storben waren und deren gesamtes Vermögen den Zwillingen zufiel. Ich wusste von dem Absturz der einen Schwester, von den Drogen, von der Niere, die sie brauchte, von der zweiten lebensrettenden Organspende, diesmal ein Stück Leber. Ich wusste wieder, dass die Zwillinge dasselbe studiert, dasselbe gearbeitet hatten. Und ich hielt die Todesanzeige von Anna König in der Hand, las die Beileidsbriefe, die man Dora geschickt hatte, weil ihre Schwester gestorben war. Nur war keine der Schwestern gestorben. Aber alle hatten es geglaubt.
Jetzt gehörte alles ihr. Das Geld. Der Job. Das Leben. Sie hatte mich gehasst, weil sie schwach gewesen war, den Drogen nachgegeben hatte, und weil ich sie retten musste.
Wie hatte sie es geschafft, dass mein Körper alles aufnahm, was ihrer durchmachte? Meine Haut war voller Narben. Mein Gesicht alterte vor der Zeit. Meine Zähne fielen aus. Meine Leber, meine Niere gingen von ihrem Gift kaputt. Und beide schliefen wir nicht mehr.
Ich hörte ihre Schritte, spürte ihre Aufregung, als sie die kaputte Glasscheibe entdeckte. Ich ging hinunter, eine aus der Zeitung ausgeschnittene Todesanzeige in der Hand. Sie hielt das Telefon umklammert, »Die Polizei ist unterwegs«. Ich sagte: »Gut, dann kannst du ihnen erklären, warum eine von uns tot ist, obwohl wir beide leben.« Diesmal hatte sie keinen Hammer. Nicht wie damals, vor zwei Jahren, als sie mir den Schädel zertrümmert und mich in St. Margarethen ins Wasser geworfen hatte, das mich wieder zurück ans Ufer spülte. Diesmal war ich schneller als sie. Ich schlug ihr mit der Faust ins Gesicht. Sie fiel mit dem Kopf auf die Kante des Glastisches. Diesmal war es ihr Schädel, der mit einem Knacken brach, ihr Blut, das herausströmte. Und während sie dalag und ihr Leben verlor, konnte ich zusehen, wie ihre Schönheit von ihr wich, wie sich die Spuren ihrer Exzesse, ihrer Taten in ihr Gesicht gruben. Ich wandte mich ab und sah mein Gesicht im Spiegel. Ihr Gesicht. Das meins war.

31.12.11

Ich habe wieder acht Stunden geschlafen.
Kalle sagt: »Siehst du, ein alter Hase wie ich hat doch ein Auge dafür. Ich habe immer gesagt, du bist noch ein junger Hüpfer.«
Alle nennen mich jetzt Dora. Ich hatte zwei Jahre lang keinen Namen, jetzt habe ich einen. Es ist mein Name, und es ist schon immer mein Name gewesen. Meine Schwester hatte ihn mir zwei Jahre lang genommen. Am Tag war sie Dora, in der Nacht Anna. Die Staatsanwältin hat sich mehrmals bei mir gemeldet, um mir zu versichern, dass ich alles richtig gemacht habe. »Es war ein Unfall, Sie dürfen sich keine Vorwürfe machen. Sie haben nur Ihr Leben verteidigt gegen eine Einbrecherin und Stadtstreicherin. Sehr bedauerlich, aber es ist nun mal passiert, und Sie trifft wirklich keine Schuld.«
Kalle murmelt: »Wie hat deine Schwester das gemacht?« Ich sage: »Ist das nicht egal, es ist vorbei.« Kalle holt den Champagner aus dem Kühlfach. Gleich ist es Mitternacht, dann ist das Jahr zu Ende, und alles andere auch. »Wirf endlich diese Klorolle weg«, sagt Kalle. »Du schleppst die schon ewig mit dir rum.« Ich sage: »Drei Wochen erst. Und es ist keine Klorolle.« Das ist ihm egal. »Wirf sie weg. Das ganze Gekritzel darauf, das brauchst du doch nicht mehr.«
Er hat recht, wie immer.
Es schneit wieder. Und ich kann schlafen.

Ende

Hier aufschlitzen

7. Dezember

SANDRA LÜPKES

Wunschverzettelt

Dortmund

Kyra wünscht sich das große Barbie-Haus mit Pool. Leon hätte gern die neue Playstation plus drei Spiele. Aber ich bin pleite. Alleinerziehend und pleite. Und überübermorgen ist der erste Advent.

Was bleibt mir also anderes übrig, als eine Bank zu überfallen? Hier in meiner Stadt, in Dortmund. Ich weiß, man sollte eigentlich an einen Ort fahren, wo einen keiner kennt. Aber mir bleibt keine andere Wahl, weil ich kein Auto hab und auf öffentliche Verkehrsmittel angewiesen bin. Also rein in die Stadtbahn und an der Kampstraße wieder raus. Es riecht nach feuchten Wintermänteln, nassen Hunden und Pinimenthol. Kyra hat Schnupfen, sie ist quengelig, und immer läuft ihr was aus der Nase.

Leicht ist so ein Überfall sowieso nicht mit zwei Kindern im Schlepptau. Ich hatte geplant, die Kleine bei Karstadt im Kinderparadies abzuliefern. Leon wollte ich dann in der Spielwarenabteilung vor die Computer stellen. Und dann ab in die Hauptstelle in der Innenstadt, wo man mir schon zweimal einen Kredit verweigert hat.

Mit Strumpfmaske im Rucksack, direkt neben Kyras Pampers habe ich sie versteckt. Die täuschend echt aussehende Plastikpistole vom 99-Cent-Paradies klemmt neben der Flasche Apfelsaft.

»Achtung, Achtung, die kleine Kyra möchte von ihrer Mama dringend aus dem Kinderparadies abgeholt werden«, ertönt es aus den Lautsprechern, noch bevor ein Platz für meinen Sohn an der Spielkonsole frei geworden ist. So ein Mist. Ich schleppe Leon also wieder zu diesem Lebkuchenhaus, wo er seine heulende Schwester findet, hinter der Krippe versteckt. Sie hat sich vor dem Weihnachtsmann gefürchtet und klammert sich an mein Bein.

»Mama, der Mann ist fies!«, schnieft sie, und ihre Nase ist röter als die von Rentier Rudi, den man hier in allen Größen kaufen kann und der Musik macht, wenn man sein berühmtes Riechorgan drückt. Was Leon natürlich gleich macht, und zwar bei allen zwanzig Plüschtieren gleichzeitig.

»Rudolph the red-nosed reindeer …«

»Lass das, Leon!«

»Rudolph the red-nosed reindeer …«

»Du sollst das lassen, hab ich gesagt.«

»Rudolph the red-nosed reindeer …«

»Had a very shiny nose
And if you ever saw him
You would even say it glows …«

Kyra schreit trotzdem noch lauter als alle Rentiere zusammen.

»You would ever say it glows …«

Ich klopfe Leon auf die Finger.

»You would ever say it glows …«

Der Weihnachtsmann guckt uns böse an.

Keine Chance, ich muss die beiden mitnehmen.

In der Bankfiliale haben sie zumindest schon mal eine Bastelecke. Man kann Sparfüchse ausmalen, wer es am besten hinkriegt, gewinnt eine Luftmatratze. Kyra macht so etwas gern. Leon heult, weil ich ihm versprochen hatte, dass er bei Kar-

stadt Computerspiele ausprobieren darf. Aus Wut haut er auf einem der Kontoauszugsdrucker herum und meckert. »Die Grafik ist voll langweilig. Das Display zeigt immer dasselbe.«
»Leon, Pfoten weg!«
»Wie kommt man denn überhaupt ins nächste Level?«
»Leon, lass das, oder du kriegst noch was auf die Finger, kapiert?«
Alle in der Filiale schauen mich an. Mustern mich von oben bis unten. Aha, eine Mutter, die ihre Kinder nicht im Griff hat, total überfordert, ein Fall für die Super Nanny, ganz klar. Die können später alle bei der Kripo ein Eins-a-Phantombild anfertigen lassen von mir: dünne Frau, schlecht sitzende Frisur, dunkle Augenringe. Ach ja, und die Strumpfmaske hatte eine Laufmasche.
Jetzt kann es losgehen, denke ich, setze den Rucksack ab und öffne den Reißverschluss. Na dann …
Plötzlich kommt ein Kerl rein, ein ziemlich gefährlich aussehender Typ mit Lederjacke, Schirmmütze und einem Arabertuch über Nase und Mund. Man versteht ihn deswegen auch nicht so gut, als er ruft: »Dies ist ein Überfall.« Doch man kann erkennen, was er will, weil er eine Pistole in der Hand hält. Die sieht ziemlich echt aus.
Alle sind mucksmäuschenstill. Bis auf Kyra, die beim Malen summt. Und Leon, dem es wohl doch irgendwie gelungen ist, mit dem Auszugsdrucker zu spielen. Er macht Ballergeräusche und spuckt dabei auf den Bildschirm.
Eine Kassiererin mit blassem Gesicht packt das Geld in die Aldi-Tüte, die der Bankräuber ihr zugeworfen hat. Sie hat lange zu tun, und ihre Hände zittern. Ich sehe Scheine, die ich noch nie selbst in der Hand gehalten habe. Sie sind lila.
»Geht das nicht schneller?«, schreit der Gangster.
So ein Mist, denke ich. Ich wollte das doch machen. Das war meine Idee, und ich war zuerst hier! Der Schuft hat sich vorgedrängelt und kriegt jetzt alles für sich allein. Mehr denke ich nicht. Ich bin nur noch sauer.
Ein bisschen krame ich in meinem Rucksack, und meine Finger finden das gesuchte Plastikteil, damit ziele ich auf den Bankräuber: »Waffe runter, Polizei!« So kenne ich es aus meiner Lieblingsserie. Breitbeinig dastehen, eine Haarsträhne aus dem Gesicht wischen und ernst gucken. Den Verbrecher dabei nicht aus den Augen lassen, die Waffe im Anschlag. Ich finde, ich krieg das ganz gut hin. Der Kerl dreht sich kurz um, guckt überrascht. Dann erkenne ich erst, dass ich mich vergriffen habe und statt der Pistolenattrappe einen Obelix in der Hand halte, der auf Knopfdruck die Hosen runterziehen kann. Gab's bei McDonald's zum Happy Meal.
Der Gangster grinst ganz fies. Im selben Moment packen ihn von hinten zwei Sicherheitsleute und werfen ihn zu Boden.
»Ich hab ihn gekriegt«, jubelt Leon und vermöbelt den Auszugsdrucker.
»Mein Bild ist fertig, Mama!«, sagt Kyra. Der Sparfuchs ist lila geworden. Dieselbe Farbe wie die Scheine, die überall auf dem Boden verteilt liegen.

Bis heute hat Kyra Schiss vorm Weihnachtsmann. Er ist ein fieser Typ, der keine Kinder mag, behauptet sie felsenfest.
Aber für sie steht seit diesem Tag ohnehin fest, dass in Wirklichkeit – nur für alle, die es noch nicht wissen – der Bankdirektor die Geschenke bringt.

Ende

Hier aufschlitzen

8. Dezember

SABINE TRINKAUS

Bombenstimmung zum Fest der Liebe

Bonn

»Beuel. Der gestrige Bombenalarm am Hauptbahnhof hat Bürger und Sicherheitskräfte offenbar aufs Höchste sensibilisiert. Heute Vormittag löste eine vergessene Sporttasche an einer Bushaltestelle am Konrad-Adenauer-Platz / Friedrich-Breuer-Straße in Beuel Alarm aus. Aufmerksame Passanten, denen das herrenlose Gepäckstück auffiel, alarmierten die Polizei, die den Konrad-Adenauer-Platz umgehend absperrte. Kurze Zeit später bemerkte der Besitzer der Tasche offenbar seinen Verlust und kehrte zurück, um sie wieder abzuholen. Die Polizei hob daraufhin die Sperrung nach rund 20 Minuten gegen 11.10 Uhr wieder auf. Wie die Stadtwerke Bonn mitteilten, konnten die SWB-Busse ab 10.40 Uhr den Adenauer-Platz nicht passieren. Auch die Straßenbahnen der Linie 62 waren betroffen. Bis in den Nachmittag kam es aufgrund der Umleitungen und Linientrennungen zu erheblichen Verspätungen im Bus- und Bahnnetz.« (General-Anzeiger Bonn, 11.12.2012)

»Es ist mein gutes Recht als Bürger und Steuerzahler«, behauptet Georg. »Man darf doch wohl mal was vergessen.«
»Alter!«, sagt Paul. »Mann, ey, Alter! Du treibst keinen Sport. Schon gar nicht in Beuel. Du fährst nicht Bus. Das stinkt doch zum Himmel!«
Georg grinst. Aufreizend zufrieden.
»Das ist nicht lustig«, sagt Paul. Obwohl er Georg kennt. Seit zwanzig Jahren mit ihm zusammenwohnt in der WG in der Altstadt und daher genau weiß, dass er das total lustig findet. Jetzt prustet er leise. »Ey, du hättest das sehen sollen. Globalhysterie, Alter. Und die Gesichter von den Bullen, als die mich verhört haben.«
»Was hast du denen erzählt?«
»Ach, nichts weiter …« Georg leert seine Bierflasche. »Nur dass man ja mal was vergessen darf. Und dass die materialistische Lehre von der Veränderung der Umstände und der Erziehung vergisst, dass die Umstände von den Menschen verändert und der Erzieher selbst erzogen werden muss. Dass Gewalt der Geburtshelfer jeder alten Gesellschaft ist, die mit einer neuen schwanger geht.«
»Du hast Marx zitiert?« Paul starrt ihn ungläubig an.
»Alter!« Axels beeindruckter Ton fällt ihm in den Rücken. »Du bist voll provo, ey!« Er grinst. Axel ist humortechnisch leider ziemlich nah bei Georg. Er ist Programmierer, ein bisschen verschroben, eher alte Schule, und er arbeitet von seinem WG-Zimmer aus, ohne das je als *Homeoffice* zu bezeichnen.
»Ja, super provo«, äfft Paul verärgert. »Das ist … keine Ahnung, Vortäuschung einer Straftat. Und jetzt denken die, du bist ein Terrorist, und wahrscheinlich überwacht uns der Verfassungsschutz!«
»Man darf doch wohl Marx zitieren in einer freien Gesellschaft«, sagt Georg, »und mal seine Sporttasche vergessen.

Wenn man deshalb vom Verfassungsschutz überwacht wird, dann spricht das gegen die Gesellschaft, nicht gegen mich. Ich bin schließlich kein Terrorist. Ich bin kein Salafist, ich bin ja noch nicht mal Marxist. Ich bin einfach ein Bürger, der mit zwei anderen Bürgern in einer WG wohnt, alles in Butter, eher langweilig. Vor mir aus können die uns gern überwachen. Mach dich mal locker, Alter!«

»Ich will mich aber nicht locker mach…« Weiter kommt Paul nicht, denn es klingelt. Georg springt auf, ganz froh um die Unterbrechung. Als er zurückkommt, ist Paul klar, dass die Diskussion beendet ist, denn er ist nicht allein. Neben ihm steht die Blumer.

Frau Dr. Vanessa Blumer.

Es scheint Paul nicht angeraten, die Frage einer möglichen staatlichen Überwachung aufgrund antikapitalistischer Äußerungen und Terrorverdachts in Gegenwart der neuen Vermieterin zu diskutieren.

Zumal die Blumer ihn nervös macht. Sie ist so ein spezieller Typ: Höchstens Anfang dreißig, Doktortitel – und zwar einer, mit dem man was anfangen kann, offenbar, denn sie arbeitet bei der Telekom. Das hat sie erzählt. Sie verdient jede Menge Kohle. Das hat sie nicht erzählt, das liegt aber auf der Hand, hat sie doch das Haus gekauft. Ein ganzes Haus, mit Anfang dreißig, einfach so. Sie ist immer schick und frisiert und stellt ihren Kerl als Verlobten vor. Dabei tut sie ganz normal, will sich duzen und macht auf Kumpel. Sie ist Paul suspekt. Unheimlich geradezu.

Jetzt hebt sie eine Augenbraue, deutlich missbilligend. Das bezieht sich eindeutig auf die vielen Bierflaschen auf dem Tisch. »Ich wollte euch abholen«, sagt sie. »Ich dachte, wir treffen uns um sechs. Aber unten war keiner.« Sie klingt vorwurfsvoll.

»Heute war das?« Pauls Unbehagen verdichtet sich zu einem klaren Schuldgefühl.

Verdammt, die Weihnachtsfeier mit der Hausgemeinschaft. Freundliche Einladung der Vermieterin zum gemeinsamen Glühweintrinken. Einer solchen Einladung ist Folge zu leisten. Wenigstens muss man absagen, wenn man nicht will. Ignorieren ist schlecht, ganz schlecht.

»Ach, jetzt setz dich doch erst mal.« Georg sind solche Anfechtungen fremd. »Axel, gib unserem Besuch doch mal ein Bier.«

Axel beugt sich zum überaus praktischen Wohnzimmerkühlschrank, Herzstück der Männer-WG, und entnimmt ihm eine Flasche, die er mit dem Feuerzeug öffnet und der Blumer reicht. Die winkt ab. »Danke, nein, es ist schon Viertel nach. Die anderen warten bestimmt schon.« Dann greift sie trotzdem nach der Flasche. Sie wirkt nervös.

»Nö.« Axel prostet ihr zu. »Keiner wartet«, erklärt er auf ihren fragenden Blick hin. »Samira meditiert. Immer von sechs bis sieben. Da ist sie transzendent. Hört nicht mal die Klingel.« Ein verzücktes Lächeln breitet sich auf seinem Gesicht aus.

Axel ist jetzt zwar nicht der leidenschaftliche Typ, aber wenn ihn etwas begeistert, dann ganz und gar. Computer. Science-Fiction-Serien im Fernsehen. Bier. Und eben Samira. Die wohnt seit einem halben Jahr im ersten Stock. Sie studiert Eurythmie an der Alanus Hochschule in Alfter, ist jung, hübsch und immer nett zu allen. Besonders zu Axel. Und darum ist er mit aller Inbrunst seines Programmiererherzens in sie verliebt. Sie ist einer der wenigen Menschen, zu denen

Axel willentlich und vorsätzlich Kontakt sucht. Indem er sich Dinge borgt. Mehl und Gemüsebrühe und Kräutertee und Vanilleschoten. Dinge, die niemand in der Männer-WG braucht. Aber darum geht es nicht. Wenn Paul abends nach Hause kommt und auf dem Küchentisch allerhand nutzlose Sonderbarkeiten vorfindet, weiß er, dass Axel einen guten Tag hatte.
»Transzendent?« Die Blumer starrt Axel an. Dann hebt sie die Flasche und trinkt einen ordentlichen Schluck – so als würde sie ihn brauchen.
»Transzendent«, bestätigt Axel glücklich. »Aber ist doch egal. Sechs oder sieben. Total egal. Läuft ja nicht weg, der Weihnachtsmarkt.«
»Aber Frau Kaschube? Was ist mit Frau Kaschube?«
»Frau Kaschube weiß das ja. Dass Samira meditiert«, erklärt Georg. »Und außerdem ist ihr Zeit egal.« Das stimmt. Frau Kaschube ist uralt und ihr Verhältnis zu Zeit sehr abgeklärt. Sie isst, wenn sie hungrig ist, trinkt, wenn sie Durst hat. Sie schläft, wenn sie müde ist, und lässt den Rest einfach auf sich zukommen. Das ist der Luxus des Alters, sagt sie. Frau Kaschube ist eine gute Hausgenossin. Sie backt auch sehr viel, täglich Kuchen und Plätzchen. Mehr, als sie essen kann, und darum verschenkt sie das Zeug an die Nachbarn, Samira oder die *Jungs*, wie sie Paul, Georg und Axel seit zwanzig Jahren nennt.
»Ein Plätzchen vielleicht?« Paul besinnt sich beim Gedanken an Frau Kaschube auf seine Gastgeberpflichten. Er deutet auf die goldene, sternförmige Pappschale, in der die Weihnachtsplätzchen liegen, die sie vorhin vorbeigebracht hat.
»Nein!« Die Blumer sieht ihn an, als habe er ihr ein unsittliches Angebot gemacht. Dann scheint sie sich zu besinnen. »Danke, aber … ich bin allergisch. Gegen Nüsse. Ich … ich muss mal telefonieren, entschuldigt mich.« Hektisch springt sie auf, rennt fast in den Flur. Das ist albern, denn sie hören sie trotzdem. »Wird später«, sagt sie. »Meine Güte, ich kann es nicht ändern … nein. Total phlegmatisch sind die … klar krieg ich das hin. Keine Panik. Halb acht würd ich sagen … ich schick dir eine SMS. Nein, das gefällt mir auch nicht. Aber es gibt einiges, was mir nicht gefällt!«
Sie kehrt zurück, legt ihr Handy auf den Tisch und greift erneut nach der Bierflasche. Dafür, dass sie eigentlich kein Bier wollte, hat sie einen ganz schönen Zug, bemerkt Paul.
»Ärger?«, erkundigt sich Georg mitfühlend.
Sie seufzt, starrt auf das alte Hirschgeweih an der Wand, von dem niemand mehr weiß, wo es hergekommen ist. Wie in jedem Jahr hat Georg es mit Lametta und Christbaumkugeln und Tampons dekoriert. Wie in jedem Jahr findet er das sehr komisch.
»Verdammte Bruchbude«, murmelt die Blumer leise. Paul findet das ein bisschen ungezogen. Er mag das Haus, mag die Männer-WG und auch das Geweih. Ist vielleicht alles nicht so ganz super in Schuss hier, aber es ist sein Zuhause, immerhin. »So schlimm ist es ja nun auch nicht«, sagt er deshalb, zuckt zusammen, als die Blumer die Flasche auf den Tisch knallt. »Es ist viel schlimmer! Von wegen gute Geldanlage. Von wegen *kein Gutachten nötig,* steht schon so lang, das Haus. Ha! Habt ihr gewusst, dass der Schwamm drin ist?«
Paul weiß nicht genau, was das für ein Schwamm sein soll, von dem sie da spricht. Trotzdem fühlt er sich vage schuldig. Das passiert ihm oft, wenn er mit Leuten wie der Blumer redet. Obwohl die sich jetzt schon wieder entschuldigt. »Ich bin ein bisschen runter mit den Nerven«, murmelt sie und

setzt dann ein falsches Lächeln auf. »Aber heute ist das egal. Heute gehen wir zusammen auf den Weihnachtsmarkt, ich freue mich, ich freue mich wirklich sehr, das wird schön, und es ist mir total wichtig! Wirklich sehr, sehr wichtig!« Ihr Blick flackert ein wenig.

»Ich finde Weihnachtsmarkt eigentlich ätzend«, bemerkt Axel. »Und Samira mag den auch nicht so.«

»Wie bitte?«

»Weihnachtsmarkt ist ätzend«, wiederholt Axel. »Konsumscheiß und so. Und Glühwein ist sauteuer. Wir können eigentlich hierbleiben, oder? Bier genug haben wir.«

»Nein!«, brüllt die Blumer. Sie schüttelt den Kopf, als irritiere ihr eigenes Verhalten sie genauso wie die Herren. »Entschuldigung, ich … nein. Ich lade euch ein. So war das ausgemacht. Und darauf bestehe ich.« Sie sieht wieder auf die Uhr.

»Aber es ist immer total voll«, sagt Georg. »Und ich bin eigentlich auch schon voll. Wir hatten ja schon ein paar Bier.«

Zwischen den blumerschen Augenbrauen bildet sich eine steile, gefährliche Falte. »Dann eben nicht Weihnachtsmarkt«, presst sie heraus. »Dann eben … keine Ahnung. Eine Kneipe. Ja. Genug Auswahl haben wir hier ja.«

»Aber nicht das *Billa-Bonn.* Da ist vor zehn Jahren mal das Klo explodiert, da geh ich nicht hin«, nörgelt Georg.

Die blumersche Falte vertieft sich.

»Und nicht *Pawlow.* Da hab ich noch einen Deckel, da kann ich erst im Januar wieder hin«, bemerkt Axel wenig hilfreich.

Die Blumer stöhnt. Ihr Handy klingelt. Diesmal geht sie nicht auf den Flur, blafft direkt in den Hörer. »Nein, Herrgott. Ja, Herrgott. Das hilft nicht, wenn du jetzt ständig anrufst. Ich tue, was ich kann. Ich melde mich!« Sie legt grußlos auf.

»*Zone* wäre gut«, schlägt Axel vor. »Da kann man auch rauchen. Ist aber nicht so weihnachtlich. Und laut. Wenn man sich unterhalten will. Und ich weiß nicht, ob das was für Frau Kaschube ist.«

»Die kommt ja bestimmt eh nicht mit«, sagt Georg. »Die wollte sich hinlegen, hat sie vorhin gesagt.«

»Was?« Die Blumer fährt hoch, als habe sie etwas gestochen.

»Sie schläft viel. Weil sie alt ist«, erklärt Georg. »Und wenn die schläft, dann schläft die …«

»Nein! Das geht nicht. Sie muss mit! Sie gehört zur Hausgemeinschaft!«

Georg zuckt die Schultern und tauscht einen verständnislosen Blick mit Paul. Sie hat ganz offenbar einen an der Waffel, die Blumer, Doktortitel hin oder her. Ihr Leben muss ja grässlich sein, wenn all ihr Glück an diesem bescheuerten Hausgemeinschaftsabend hängt.

Sie atmet kontrolliert, erhebt sich dann. »Ich müsste mal eben … darf ich mal euer Bad benutzen?«

Paul würde dies Ansinnen gern ablehnen. Sie sind ein bisschen hinterher mit dem Putzen. Aber vermutlich kann man der Vermieterin nicht den Zugang zum Klo verweigern, darum nickt er resigniert. Kaum ist sie weg, piepst ihr Handy. Georg greift danach.

»Ey, was machst du da?«

Paul gefällt das gar nicht.

»Alles gut?«, liest Georg laut und schamlos. »Halb acht? Oder sollen wir die Sache lieber abblasen?« Er grinst. »Geil, ey, Unterschrift: Manumaus.« Er prustet los …

Morgen geht es weiter

Hier aufschlitzen

9. Dezember

»Du kannst doch nicht …« Paul wird ganz heiß. »Das ist privat, ey, was machst du denn?«
»Ich beruhige Manumaus«, murmelt Georg und beginnt zu tippen. »Ich trage zur allgemeinen Weihnachtsharmonie bei. ›Alles gut, nichts wird abgeblasen … Küsschen.‹« Er drückt auf Senden. »Jetzt kann sich Manumaus entspannen.« Sie hören die Schritte der Blumer im Flur. Eilig legt Georg das Handy hin.
Sie setzt sich nicht, umklammert stattdessen die Stuhllehne. »Dann können wir ja jetzt«, sagt sie und hebt eine Hand, bevor irgendwer widersprechen kann. »Auf geht's! Wir wecken Frau Kaschube, und dann ist auch Samira so weit, und wir gehen. Alle! Zusammen!« Ihr Ton macht deutlich, dass Widerspruch zwecklos ist.
»Also, ich brauch aber noch einen Kaffee.«
Ob es Todessehnsucht ist, die Georg treibt, oder einfach seine Lust am Provozieren, vermag Paul nicht zu sagen. Er betrachtet fasziniert und ängstlich die Ader, die am Hals der Blumer sichtbar wird.
»Kaffee«, ruft er eilig, bevor sie explodieren kann. »Wir trinken schnell einen Kaffee, zum Wachwerden. Dann ist Samira fertig. Und wir können gehen.«
Er flieht aus dem Wohnzimmer, eilt in die Küche. Er ist ziemlich betrunken, wie er selbst bemerkt, und überlegt, wie viele Bierchen sie schon gekippt haben. Dann beschließt er, dass das irrelevant ist, und kocht Kaffee, guten Männer-WG-Kaffee. Die Blumer muss husten, als sie den ersten Schluck getrunken hat. »Habt ihr vielleicht Milch? Und ein bisschen Zucker? Viel Zucker?«
Paul greift nach ihrem Becher und trägt ihn in die Küche. Die Erfahrung zeigt, dass manche Frauen auf die Dose mit der Kondensmilch empfindlich reagieren. In der Männer-WG glaubt man nicht an Mindesthaltbarkeitsdaten. Paul freut sich, dass die helle Flüssigkeit aus der klebrigen Dose so flockenfrei mit der dunklen im Becher verschmilzt. Er sucht nach Zucker, findet eine Dose auf dem Tisch. Der Zucker sieht komisch aus. Ziemlich braun und bröselig, aber Zucker, denkt Paul, Zucker wird ja nun wirklich nicht schlecht. Er löffelt großzügig in den Becher, rührt um. Das Zeug scheint sich nicht gut aufzulösen. Aber besser wird es halt nicht, und wenn der Kaffee der Blumer nicht schmeckt, muss sie ihn ja nicht trinken.
Sie trinkt aber. Hastig und gierig. Wohl um die etwas angespannte Stimmung aufzulockern, macht sie sogar Faxen. Verzieht das Gesicht, tut, als würde sie schrecklich röcheln und krächzen, und lässt sich dann seitlich vom Stuhl fallen. Sie lachen alle, Georg applaudiert sogar. Es dauert eine Weile, Sekunden, Minuten, es dauert irgendwie lange, bis sie es verstehen. Dass das gar kein Scherz ist.
»Scheiße, die ist tot!« Georg sieht Paul vorwurfsvoll an. Als könne er etwas dafür.
»Was zum Teufel? Wie kann das sein?« Paul wird schlecht. »Die kann doch nicht einfach sterben. Hier. In unserem Wohnzimmer!«
»Das Herz vielleicht? Sie ist ja Karrierefrau.« Georg klingt nicht recht überzeugt.
»Äh«, sagt Axel.
Paul sieht ihn an. »Was ›Äh‹?«
»Mir fällt da grad was ein. Wir haben gar keinen Zucker, oder?«

»Doch. Stand auf dem Tisch, die Zuckerdose.«
»Das, äh …« Axel räuspert sich. »Das war kein Zucker. Das waren geriebene Nüsse. Hab ich geborgt. Von Samira.«
Pauls Hals wird trocken. Staubtrocken. Er greift nach der Bierflasche, trinkt und trinkt. »Wir haben sie umgebracht«, keucht er dann.
»Du hast sie umgebracht«, korrigiert Georg.
»Das war ein Unfall«, besänftigt Axel.
»Scheiße, Unfall – warum sind Nüsse in einer Zuckerdose? Warum borgst du dir überhaupt Nüsse?«, schreit Paul.
»Es ist nicht verboten, sich Nüsse zu borgen. Und sie hatte keinen Zucker mehr. Da hab ich mir halt Nüsse geborgt. Wie kann man denn geriebene Nüsse mit Zucker verwechseln, ey?«
Paul wird noch schlechter. »Scheiße«, ächzt er. »Verdammte Scheiße!« Er würgt.
Georg packt ihn am Arm. »Ganz ruhig. Das kriegen wir schon hin.«
»Krankenwagen?«, überlegt Axel laut.
Georg schüttelt den Kopf. »Auf keinen Fall. Die ist hin. Und die Krankenwagentypen rufen dann die Bullen. Die Geschichte ist zu komplex für die Bullen. Viel zu komplex. Zumal die uns eh auf dem Kieker haben.«
»Dich!«, korrigiert Paul.
»Ja, Mann, aber ich hab sie nicht mit Nüssen vergiftet!«
»Es war trotzdem ein Unfall!«, blafft ihn Axel an. »Und wir müssen die Bullen rufen. Was willst du denn sonst tun?«
Plötzlich surrt das Handy der Blumer. Kurz erstarren alle, dann greift Paul danach. »Halb acht – bleibt es dabei?«, liest er vor. »Manumaus schon wieder.«
Georg reißt ihm das Telefon aus der Hand. »Halb acht ist super, freu mich schon«, murmelt er beim Tippen. Ehe irgendwer protestieren kann, hat er die Nachricht abgeschickt.
In diesem Moment klingelt es an der Tür. »Samira.« Axel schaut auf die Uhr. »Das ist Samira … Samira darf das nicht sehen. Ihr Hamster ist gerade erst gestorben, wenn die das jetzt sieht, dann kommt das alles wieder hoch …«
Es klingelt wieder, lang und anhaltend.
Axel eilt zur Tür. Paul kämpft noch immer mit der Übelkeit. Er kann sich nicht konzentrieren. Verzweifelt sieht er Georg an, hofft, dass der irgendeine Idee hat.
»Hi, Axel«, hören sie Samiras Glockenstimmchen. »Ich dachte schon, ihr seid ohne mich gegangen. Ist die Blumer hier?«
»Nein, äh …« Axels Stimme klingt brüchig. »Scheiße …«, hört man ihn dann sagen, er scheint aufzuschluchzen.
»Verdammt«, flucht Georg, zögert nicht lange, sondern stürmt in den Flur. Paul folgt ihm, denn er möchte auf keinen Fall allein mit der toten Blumer bleiben.
Samira schließt Axel gerade in ihre Arme. »Hey, Großer, was ist denn los? Bist du traurig?«
Als Paul sie da so sieht in ihrem roten Anorak, rosige Wangen, wie sie in der Tür steht und Axel sanft den Rücken tätschelt, wird ihm auch ganz flau im Magen. Er ist froh, dass Georg die Nerven behält.
»Samira, hallo«, sagt er. »Wir kommen. Wir sind fertig. Auf geht's!« Er räuspert sich. »Sie ist nicht hier, die Blumer. Keine Ahnung. Vielleicht wartet sie unten, bei Frau Kaschube.«
Ziemlich listig, wie Paul findet …

Morgen geht es weiter

Hier aufschlitzen

10. Dezember

»Na hoffentlich nicht«, sagt Samira. »Die wollte sich doch hinlegen. Damit sie fit ist für die Weihnachtsfeier.« Sie schüttelt das goldgelockte Köpfchen. »Vielleicht warten wir einfach hier«, sagt sie dann und macht Anstalten, die Wohnung zu betreten. »Dann kann Axel sich ein bisschen beruhigen und …«
»Nein!« Paul und Georg haben gleichzeitig gesprochen.
»Jungs, alles in Ordnung?« Samira sieht besorgt aus. »Was ist denn los mit euch?«
»Wir haben Mist gebaut«, stammelt Axel.
»Schnauze, Alter.« Georg rammt ihm einen Ellbogen in die Seite.
»Ihr streitet ja schon wieder.« Samira klingt aufrichtig bekümmert. »Ihr sollt nicht streiten. Es ist bald Weihnachten.« Sie verzieht das Näschen. »Ihr habt zu viel Bier getrunken, was?«
Sie hakt Axel unter, führt ihn die Treppe hinab. Paul und Georg folgen.
Frau Kaschube steht schon in der Wohnungstür, gewandet in ihren Kunstpelz, auf dem Kopf ein keckes Hütchen. »Na, da seid ihr ja!« Ihr Altdamentenor klingt erwartungsvoll. »Dann fehlt ja nur noch die Blumer. Wollte die nicht schon um sechs hier sein?«
»Sie wartet bestimmt draußen«, meint Paul mit nervöser Stimme.
»Vergessen hat sie das ja wohl nicht. Immerhin wollte sie uns einladen«, sagt Frau Kaschube und rückt den Hut zurecht.
Gemeinsam verlassen sie das Haus. Samira sieht sich um. »Hier ist sie auch nicht«, bemerkt sie. »Komisch. Ob die das echt vergessen hat? Oder beleidigt ist, weil wir nicht um sechs da waren? Aber dann hätte sie ja klingeln können, macht man doch so … oh.« Sie sieht Paul, der gerade ausgiebig auf die Straße erbricht, besorgt an. »Ihr habt wirklich viel Bier getrunken, oder? Axel? Hey, Axel, was ist denn mit dir, du weinst ja schon wieder! Ist es wegen Weihnachten? Ich muss auch manchmal weinen wegen Weihnachten. Wenn es zu schön ist, dann muss ich wieder an meinen Hamster denken.« Sie umarmt Axel, lässt ihn an ihrer Schulter schluchzen.
»Gehen wir jetzt, oder frieren wir hier fest?« Frau Kaschube scheint nicht willens, sich durch die Befindlichkeiten der Jungs bremsen zu lassen.
»Wir gehen.« Paul wischt sich mit einem Taschentuch den Mund ab. »Wir gehen jetzt. Sie ist vielleicht schon auf dem Weihnachtsmarkt, die Blumer«, murmelt er.
»Und wenn nicht, ist mir das auch egal. Ich will jetzt einen Glühwein. Ich hatte lange keine anständige Weihnachtsfeier mehr.« Frau Kaschube strahlt. Sie schreitet forsch voran, Samira führt den immer noch schluchzenden Axel mit sich, und Paul und Georg folgen. Paul unterdrückt das kindische Bedürfnis, nach Georgs Hand zu greifen.
Das tut er erst, als der Knall kommt. Gefolgt von der Druckwelle, die sie deutlich im Rücken spüren. Die Explosion lässt die Fensterscheiben der Nachbarhäuser bersten. Und die der Bruchbude, aber das ist egal, denn Bude ist nicht mehr, da liegt nur noch Bruch.

»Das ist doch … das wäre doch nicht nötig gewesen, Samira.« Axel starrt auf den gerahmten Zeitungsartikel, den er aus dem Papier gewickelt hat, und reicht ihn dann Paul. Der liest laut vor, obwohl er den Text natürlich längst kennt. »Altstadt. Die Gasexplosion eines Wohnhauses in der Alt-

stadt am 13.12. hat ein Todesopfer gefordert. Bei der Leiche, die aus den Trümmern geborgen wurde, handelt es sich um die Hausbesitzerin Vanessa B. Glück im Unglück hatten die Mieter des Gebäudes. Wie der Zufall es so wollte, hatte sich die Hausgemeinschaft an diesem Abend zu einer Weihnachtsfeier zusammengefunden und nur wenige Minuten vor der Katastrophe das Gebäude verlassen.
Der Verdacht gegen den direkt nach der Explosion festgenommenen Mieter Georg Z. hat sich nicht erhärtet. Berichte, dass Georg Z. schon im Zusammenhang mit dem Bombenfund am Bonner Hauptbahnhof vom 10.12.2012 vernommen wurde, dementierte ein Polizeisprecher. Man habe ihn zwar befragt, es habe sich aber um eine Routineangelegenheit gehandelt, die mit den Vorfällen am Hauptbahnhof nicht in Zusammenhang stehe. Ein terroristischer Hintergrund könne bei der Hausexplosion mit Sicherheit ausgeschlossen werden.
Es scheint vielmehr, als sei Vanessa B. die eigene kriminelle Energie zum Verhängnis geworden. An dem erst kürzlich von ihr erworbenen Haus gab es offenbar erhebliche Baumängel. Nach dem General-Anzeiger vorliegenden Informationen hat sie daher gemeinsam mit ihrem Lebensgefährten Manuel M. den Plan gefasst, die Gasleitung des Gebäudes zu manipulieren, um die Explosion vorsätzlich herbeizuführen und die Versicherungssumme zu kassieren.
Nach bisher noch unbestätigten Informationen ist Manuel M., der sich in Untersuchungshaft befindet, mittlerweile voll geständig.
Den durch die Explosion obdachlos gewordenen Hausbewohnern konnte durch die Unterstützung der Aktion ›Weihnachtslicht‹ eine Ersatzunterkunft zur Verfügung gestellt werden.« (General-Anzeiger Bonn, 18.12.2012)

»Ich dachte, wir hängen den irgendwo auf«, sagt Samira. »Damit wir nicht vergessen, wie viel Glück wir hatten. Und wie nett alle zu uns sind.«
»Das ist unser Recht«, sagt Georg. »Als Bürger und Steuerzahler. Zu den allgemeinen Gestaltungsmerkmalen der sozialen Marktwirtschaft gehört es, Menschen vor unverschuldeter wirtschaftlicher Not zu schützen. Wir sind schließlich Opfer!« Er klingt sehr überzeugt, aber Paul hört trotzdem den Unterton. Er weiß, dass sogar Georg dankbar ist, weil sie viel mehr Glück hatten, als Samira oder irgendwer sonst ahnen kann.
Jetzt wickelt er das unförmige Paket aus, das Frau Kaschube ihm überreicht hat. Es ist ein Hirschgeweih, fast identisch mit dem, das in den Trümmern verschwunden ist. Sogar an Lametta und Tampons hat sie gedacht.
»Das hängen wir da auf!« Frau Kaschube deutet auf eine Stelle an den noch kahlen Wänden, die Samira notdürftig mit gefilzten Weihnachtsengeln und -girlanden dekoriert hat. Sie erhebt sich. »Und jetzt macht mir noch ein Bier auf, Jungs. Ich muss mal schnell nach den Plätzchen sehen!«
Axel beugt sich zum überaus praktischen Wohnzimmerkühlschrank, Herzstück der neuen WG, und entnimmt ihm eine Flasche, die er mit dem Feuerzeug öffnet. »Alter«, murmelt er leise, »ich hätte nicht gedacht, dass Weihnachten so Bombe sein kann.«

Ende

Hier aufschlitzen

11. Dezember

FRIEDRICH ANI

Das Zwitschern des Maulwurfs

München

Der KAUFMARKT, wer kennt den nicht? Niemand kennt den nicht, also jeder. Vor einem Jahr war er unter größtmöglichem Marketinggetöse eröffnet worden, und seitdem brummte der Laden. Von überall her fuhren die Leute nach Baierbrunn im Landkreis München, um preiswert Haushaltsgegenstände, Lebensmittel, Fahrräder, Gartenmöbel, Pflanzen, Blumen, elektronische Geräte und praktisch alles einzukaufen, was man für ein normales Leben so benötigte. Oder auch nicht. Hauptsache Schnäppchen. Aber, wie Bause richtig erkannt hatte: »Scheiß auf den billigen Stuss, abgerechnet wird am Schluss!« So war er, der Bause: ein merkantiler Denker. Was am Ende jedes Quartals für diese ominöse *Kaufmarkt & Co. KG*, hinter der die schwäbische Unternehmersfamilie Heberle & Söhne steckte, übrig blieb, ging in die Hunderttausende. Bause war clever: Er nutzte seine Kontakte zu rumänischen Geld- und Kreditkartenfälschern, rekrutierte zwei von deren Experten und dazu zwei flinke Alltagsdiebe, setzte alle vier auf seine Lohnliste und plante von nun an in größerem Stil.

Der Kaufmarkt, Bubi, du musst lernen, weiter zu denken, sonst wird das nix mehr mit dir. Dafür, dass du früher Drogen vertickt hast, bist du echt irgendwie verkniffen im Kopf. Sei mir nicht bös, Bubi. Das ist meine Sache, wenn ich dich Bubi nenn, quatsch mir nicht drein, wenn ich was erklär, du heißt so und aus die Maus. Hör zu jetzt: Der Kaufmarkt ist von drei Seiten offen, von vier sogar, wenn du den Wald mitrechnest, der hinter den Häusern da steht. Der Wald ist die Notlösung, ist das deutlich? Bei dir auch, Lisa? Du schaust grad wieder so blond. Ist das klar, der Wald ist nicht dran, die Straßen sind unser Ziel, supermäßige Priorität. Wir sind Einkäufer, wir fahren mit dem Ka-eff-zett vor, steigen aus, gehen rein, holen die Ware, sauber verpackt, wir steigen ins Ka-eff-zett zurück und fädeln uns entspannt auf der Wolfratshauser Straße ein. Da passiert nichts, sind wir uns einig, Bubi? Ich und du, wir sind die Wichtigen, die Lisa checkt die Lage, und wenn irgendwo, unter irgendeinem verdammten Verlängerungskabel oder unter einer bescheuerten Suppentasse oder einem verrotzten Taschentuch, das irgendein Kleinkind auf den Boden geschmissen hat, die Schnauze von einer Maus rausschaut, die da nicht hingehört, kehren wir sofort um, und zwar augenblicklicher als sofort. Wir gehen da nicht rein, um hinterher in Stadelheim zu landen. Warum gehen wir da rein, Bubi? Steh auf und sag, warum wir da reingehen. Los geht's!

Der Plan war, zweihundertfünfzigtausend Euro abzugreifen, inklusive der Kreditkarten. Deswegen die Verbindung zu den Rumänen. Zwei Erwachsene, zwei Kinder, die Männer fürs Entschlüsseln der Codenummern, der Junge und das Mädchen für die Beschaffung. Und die waren brillant,

Nadia und Carlo, beide fünfzehn Jahre alt, sahen aber aus wie zwölf. Kindliche, hübsche Gesichter, schmale, fast dürre Körper, bekleidet mit Markenjeans und teuren Pullovern, dazu coole, fabrikneue Nikes. Zwei Geschwister an der Hand der Mutter, die ein wenig unschlüssig durch die Räume streift, hier und da eine Kleinigkeit in ihren Einkaufswagen legt, die Kinder auch mal loslaufen lässt. Lisa war perfekt als junge Mutter. In ihrem modisch-lässigen Outfit sah sie aus wie eine wohlhabende Mutter aus dem Glockenbachviertel, deren Mann nur unwesentlich mehr verdient als sie und die in ihrer Vier-Zimmer-Altbauwohnung Platz genug für neue Anschaffungen hat. Warum so eine Frau ausgerechnet nach Baierbrunn in den Kaufmarkt fuhr, mochte höchstens Leute überraschen, die in Klischees dachten, oder, wie Bause zu sagen pflegte: Leute, die zum Denken einen Meisenknödel im Hirn hatten.

Da brauchen wir nicht weiter drüber zu reden, Bubi, das passt alles. Die Tarnung ist optimal, die Vorbereitung ist optimal, unsere Leute sind optimal, wir sind optimal. Und nur noch mal zur Sicherheit, Bubi, und weil wir noch nie in so großem Stil zusammengearbeitet haben, ich und du. Die bisherigen Sachen waren überschaubar, da ein Supermarkt, Drogeriemarkt, Kaufhaus, Sporthalle, Baumarkt, ein paar Einbrüche in Luxusläden, alles notwendig, alles ohne Risiko, alles Alltag. Das ist das hier nicht und deswegen, Bubi: Geschossen wird nur, wenn Gefahr für Leib und Leben besteht, hast mich? Wir gehen da nicht zum Ballern rein und weil wir als tote Helden in der Zeitung stehen wollen. Tote Helden sind wir nicht, wir leben, wir sind Bürger, die sich ihren Lebensunterhalt verdienen. Anders als der Sepp vom Finanzamt sich das vorstellt in seinem Meisenknödelhirn. Das ist eine Realwirtschaft, in der wir uns bewegen, und wenn du heut zum Beispiel einen Schweizer Banker fragst, was das ist, eine Realwirtschaft, dann sagt der: Das ist das, was wir tagtäglich machen mit dem Geld, das uns nicht gehört. So arbeitet der Banker in der Schweiz, und so arbeitet der Bause in der Welt. Habt's mich, alle miteinander? Ihr auch, Carlo und Nadia? Ihr auch, Mircea und Ion? Und du auch, Lisa? Schau nicht wie eine Meise. Und zum letzten Mal, Bubi: Die Waffen haben wir dabei, weil das sein muss, nicht, weil wir sie einsetzen wollen. Sag, dass du das verstanden hast, sag: *Ich hab's kapiert, Bause, vollkommen und absolut.*

Bause war nervös und glaubte, es würde niemand merken. In den vergangenen zehn Jahren hatte er auf seinen Raubzügen kaum eine Spur hinterlassen, ein einziges Mal einen Fingerabdruck, und der stammte nicht von ihm, sondern von seinem Komplizen Roßmann. Der war wegen Einbruchs und schwerer Körperverletzung vorbestraft, saß im Knast und hatte sich nach seiner Entlassung unauffällig benommen. Verständlich, weil Bause ihn rekrutierte und Ruhe brauchte. Roßmann wurde bei den einundvierzig Überfällen, die wir Bause zuordneten, ohne es beweisen zu können, zu einem zuverlässigen Soldaten, der keinen Mucks machte und bloß einen Auftrag ausführte. Er knackte Schlösser, legte Alarmanlagen lahm, schlug Leute nieder, ohne ihnen lebensbedrohliche Verletzungen zuzufügen. Offensichtlich hatte er sich im Griff, oder Bause hatte ihn im Griff. Einmal

jedoch musste er seinen Handschuh ausgezogen haben – Pech für ihn, Glück für uns. Relatives Glück. Die Kollegen von der Kripo ordneten die Spur zu und machten sich auf den Weg. Es wurde ein langer, steiniger und letztlich vergeblicher Weg. Roßmann hatte zwar diverse Wohnsitze, wohnte da aber nirgends. Und niemand wusste was, völlig überraschend. Die Kollegen grasten halb Süddeutschland ab und stießen schließlich auf eine Prostituierte in Tölz, die Roßmann kannte und behauptete, er wäre seit Monaten auf der Flucht, weil er angeblich einem Freund Geld schulde. Details wusste die Frau nicht, auch nicht, als sie in U-Haft kam und wegen Steuerhinterziehung angeklagt werden sollte. Zehn Tage nachdem die Kollegen die Tölz-Spur ad acta gelegt hatten, entdeckte ein Förster beziehungsweise sein Hund in einem Wald bei Wolfratshausen die im Erdboden vergrabene Leiche eines Mannes. Bernd Roßmann, dreiundfünfzig. Tod durch Ersticken. Daraufhin genehmigte der Staatsanwalt zum zweiten Mal in der Causa Bause den Einsatz eines verdeckten Ermittlers des LKA.
Der war ich.

Traust du dem? Ich trau dem nicht mehr. Wieso traust du dem? Weil er aus der Bakarow-Connection ist wie ich? Die Connection ist kaputt, aufgelöst, ausgelöscht. Bakarow hat das SEK erlegt wie einen Hirschen auf der Pirschen. Verstehst, Lisa, was ich dir da zum Überlegen mitteilen will? Niemand kann beweisen, dass der Bubi wirklich in der Bakarow-Connection jemals drin gewesen ist. Ja, ich hab nicht vergessen, dass der Rudi angeblich mit dem Bubi die Schultouren durchgezogen und die schönen Pillen an die Schüler vertickert hat. Der Rudi, Lisa! Der hat sein Hirn schon vor einer Ewigkeit pulverisiert, da ist nichts mehr in dem seinen Eierschädel. Jetzt nerv mich nicht, heut ist vierter Advent, da sitzt man still in der Stube und denkt ans Christkind. Oder an die Dudeln vom Christkind … nein, ich trau dem nicht mehr, und wenn wir übermorgen die Sache durchgezogen haben, überleg ich mir, ob ich den weiter brauchen kann oder nicht. Und was ist mit dir? Kann ich dich weiter brauchen, oder kriegst du Schiss? Wie lang kennen wir uns jetzt? Genau, an Weihnachten sind's drei Jahre, so was merk ich mir, ich hab ein Gedächtnis, das kommt vom Nichtsaufen, Nichtkoksen, Nichtblödsein. Verstehst? Drei Jahre. War zur Abwechslung mal ein richtig stilvolles Weihnachten damals, zuerst du an der Bar vom *Vier Jahreszeiten,* Musik dazu, dann ich neben dir, dann du mit deinen Augen auf mir drauf, später mit dem ganzen Rest von dir, oben im Zimmer, das ich extra und auf die Schnelle für uns gemietet hab. Das war doch alles in allem die perfekte Geburt des Herrn. Manchmal hab ich gedacht, du hättst da an der Bar auf mich gewartet, weiß nicht, wieso. Als hättst du gewusst, dass ich komm. Dass das mein Platz ist, einen Tag vor Heiligabend. Mach ich seit Jahren, ist fast eine Angewohnheit: absacken im *Vier Jahreszeiten* am dreiundzwanzigsten Dezember. Genau, setz dich auf meinen Schoß. Wieder zugenommen? Stört mich nicht, muss sein, Frauen brauchen ein Gewicht, sonst sind's Puppen, so schaut's aus, und wer macht schon mit Puppen rum, außer die Perversen. Entschuldige, nein, du hast recht, ich mach nicht mit dir rum, ich liebe dich. So ist das, und eines Tages, in naher Zukunft, wenn ich das Geld beieinanderhab, das richtige

Geld, mein ich, die perfekte Summe, dann wird geheiratet. Aber nicht hier in diesem öden Land, sondern? Karibik. Und wo da? St. Lucia. Warst du mal da? Ich war einmal da, zwanzig Jahre her, mit meiner ersten Frau, hab dir von ihr erzählt, ein Bulle hat sie später angeschossen, und sie wär fast verblutet. Danach wollt sie nichts mehr mit mir zu tun haben. Muss man nicht verstehen, kann man verstehen. St. Lucia, das wird deine Insel, das schwör ich dir, Lisa. Eine Insel *unter dem Wind*, so heißen die da, *über dem Wind* gibt's auch welche, glaub ich. Fünfundzwanzig Grad das ganze Jahr, alles grün und romantisch. Romantisch, das ist die Sache. Und du machst deine Peelings, kriegst deine Massagen, schwimmst raus auf den Ozean, ein Traum. Da werden wir heiraten, wie findst du meine Planung? Wusst ich's doch.

Damit konnte niemand von uns rechnen, und das war auch nie vorher passiert, dass eine verdeckte Ermittlerin sich in die Zielperson verschaute, und zwar total und unumkehrbar. Ein Desaster. Was tun? Behutsame Versuche, mit der Kollegin Barbara – im Einsatz hieß sie Elisabeth Kron – in Kontakt zu kommen, ohne den Eindruck vermitteln zu wollen, sie zum Ausstieg zu drängen. Sie war eine großartige *VE*. Vor fünf Jahren hatte sie einen osteuropäischen Geldfälscherring praktisch im Alleingang gesprengt. Sie war eine Art Chamäleon, eine Meisterin ihres Fachs, und nun? Bause-hörig. Anders war das nicht zu beschreiben, alle in der Abteilung vertraten diese Ansicht. Barbara war emotional und psychisch von einem bundesweit gesuchten Gewaltverbrecher abhängig geworden. Dabei hatten wir es ihr zu verdanken, dass wir endlich Bauses Aufenthaltsort kannten, sein Basislager. Innerhalb von vier Monaten war es Hauptkommissarin Barbara Stückl gelungen, in seinen inneren Kreis vorzudringen, eine echte Meisterleistung. Weiter hätte sie nicht vordringen müssen, keinen Zentimeter weiter, ehrlich gesagt. Von da an hätte sie Informationen und Beweise sammeln, ein exaktes Protokoll über Bauses aktuelle Pläne erstellen und alle nur erdenklichen Details aus dessen Vergangenheit zusammentragen sollen. Und unter keinen Umständen durfte sie ihn daran hindern, seinen nächsten Coup durchzuziehen, damit wir ihn auf frischer Tat festnehmen konnten. Das tat sie auch nicht, sie hinderte ihn an gar nichts, auch nicht daran, sie vollständig umzukrempeln und in eine Komplizin zu verwandeln. Niemand im LKA hatte noch Einfluss auf sie, sie verweigerte die Kontaktaufnahme, sie schottete sich ab und wies vor allem mich zurück, wann immer wir uns begegneten, und zwar auf eine aggressive, beleidigende Art.

Du lässt den sauber abfahren in letzter Zeit, ist da was zwischen euch vorgefallen? Muss ich da was wissen? Spuck's aus, Lisa, sonst scheppert's. Bleib da! Schön im Bett bleiben, heut ist vierter Advent, da ist Liebe angesagt. Was macht der? Twittern? Verstehe. Warum macht der das? Warum machen das Leute überhaupt? Von mir aus. Und der Bubi schreibt da auf seinem Smartphone ins Nichts raus? Da antwortet doch niemand, oder? Einsam! Ich bin auch einsam, und geh ich deswegen zum Twittern? Ich twitter dir gleich einen, pass mal auf, komm her, los! Der Bubi ist einsam, geht mir echt ans Herz. Und ich trau dem trotzdem nicht mehr.

Das System war nicht so kompliziert, aber ich hatte eine Weile gebraucht, bis ich's vollständig inhaliert hatte. Die kurzen Sätze klangen wie harmlose Kommentare zu Ereignissen in der Welt, manchmal mit einer persönlichen Note versehen, jedenfalls sollten sie persönlich klingen, besonders für Leute wie Bause. So blieben wir in Kontakt, mein Vorgesetzter und ich. Auf Twitter schickte ich ihm unverfänglich klingende Nachrichten, hundertvierzig Zeichen. Ideale Tarnung. Und meine Tweets waren nicht verlinkt mit Facebook, weil wir nicht wollten, dass noch mehr Fremde mitlasen. Eingebettet in ständige Meldungen von Verlagen, Nachrichtenmagazinen, geschäftstüchtigen Privatleuten und allen möglichen *Followern,* die auf sich oder ein Produkt aufmerksam machen wollten, tippte ich mindestens alle zwei Tage meine neuesten Beobachtungen und Erfahrungen aus dem Bause-Umfeld ins Netz, chiffriert und für niemanden zu durchschauen. Nicht einmal Lisa, also meine Kollegin Barbara Stückl, kannte das System, obwohl sie mir *folgte* und ich ihr. Sie glaubte, ich schriebe einfach so, weil ich sonst nichts mit meiner Zeit anzufangen wüsste. Am 22. Dezember schickte sie mir zum ersten Mal einen Tweet. In hundertvierzig Zeichen schrieb sie von einem Spaziergang im Watt, bei dem sie beinah von der Flut erwischt worden wäre. Im ersten Moment glaubte ich tatsächlich an die Geschichte, auch wenn ich eigentlich wusste, dass Lisa in den vergangenen Monaten auf keinen Fall am Meer war. Dann begriff ich: Die Nachricht enthielt eine Botschaft. Und: Lisa kannte das System! Woher, das blieb mir ein Rätsel. Da sie zu einer Art Überläuferin mutiert war, hatte sie natürlich nicht das Geringste über unser Twitter-System erfahren. Jetzt bat sie – raffiniert verschlüsselt – um Verständnis für ihr Verhalten, sie habe jetzt sämtliche Details über Bauses Machenschaften zusammen, wisse über seine nächsten Überfälle Bescheid und kenne die Namen all seiner Komplizen, die über das gesamte Bundesgebiet verstreut lebten. Nach dem Überfall am Abend des 23. Dezember auf den Kaufmarkt in Baierbrunn würde sie ins LKA zurückkehren. Anstatt durch den Wald zu flüchten, wozu sich Bause erst vor einer Woche auch in meiner und Lisas Gegenwart entschlossen hatte, wollte er nun die Wolfratshauser und andere Straßen benutzen, um – wie ursprünglich schon geplant – unauffällig im Verkehr unterzutauchen. Heute Morgen allerdings, zehn Stunden vor dem Überfall, nahm er mich beiseite und meinte, er traue dieser Lisa nicht mehr. Seiner Überzeugung nach sei sie ein Polizeispitzel, und er müsse deshalb seinen Plan kurzfristig ändern. Er würde auf mich vertrauen, wir würden alle mit heiler Haut davonkommen, außer Lisa natürlich.

Lief doch perfekt. Entspann dich. Die Lisa! Kennst du die auch von früher? Sag, Bubi, spuck's aus! So wie den Rudi? Der ist übrigens nicht mehr unter uns. Genauer gesagt, ist er nur noch unter uns. Weil: *mit* uns oder *neben* uns kann er nicht mehr sein, nur noch *unter* uns. Ja, so geht das Leben. Hirn hat er zwar eh keins mehr gehabt, aber so ein winziger Rest hat sich dran erinnert, dass die Polizei bei ihm war und ihm eine Story von einem erzählt hat, der mich sucht und finden muss. Da hat sich der Rudi doch echt an mich erinnert, unfassbar fast. Und das hat er mir vor ein paar Tagen bestätigt. Bestätigt kann man nicht sagen, er hat's gehustet und geröchelt, wegen seiner Gesundheit und auch wegen meiner Pistole hier. Dann ist er von uns gegangen. Jeder muss gehen, ich auch. Aber halt nicht alle zur selben Zeit. Du zum Beispiel musst jetzt gehen. Und dann geh ich mit der Lisa in die Karibik. Die Lisa. Hat dich fett ausgetrickst, so ist die, ein Profi durch und durch und durch. Die Sache mit der Änderung des Plans war ihre Idee, die Frage war ja: Wie bring ich dich in den Wald rein? Erledigt. Karibik. Wir fliegen auf eine Insel *unter dem Wind*. Verstehst? Das Einzige, was da ein Problem sein kann, sind die Mücken. Da musst du aufpassen, aber sonst? Romantik, wohin du schaust. Die Wälder sehen da anders aus als hier, die haben einen ganz anderen Duft, ganz andere Böden. Und jetzt würd ich sagen, sag noch was zum Abschluss, und dann ist Schluss. Ich muss das verdammte Loch ja auch noch zuschaufeln. Perfekter Überfall, du warst absolut zuverlässig, und die Rumänen erledigen den Rest, mach dir keine Sorgen. Also dann, frohe Weihnachten, und: zwitschern nicht vergessen, du blöder Maulwurf!

Das Smartphone hat er mir hinterhergeworfen, bevor er mich verbuddelt hat. Kann sich jemand vorstellen, wie das ist, Tweets aus einem Erdl–

Ende

Hier aufschlitzen

12. Dezember

JUDITH MERCHANT

Halleluja, Opa!

Königswinter

Der Opa ist jetzt sechsundachtzig. Eigentlich warte ich schon seit Jahren darauf, dass dem das Licht ausgeht. Das wäre ja nur natürlich.

Ich ruf ihn jede Woche an und frage: »Und, Opa, wie geht's?« Und er sagt jedes Mal: »Gut! Ich hab so meinen Spaß.« Und es klingt, als ob er das ehrlich meint, dabei kann dem das Leben eigentlich nicht mehr viel Spaß machen. Die Oma ist jetzt schon seit einem Jahr im Himmel, da fragt man sich doch, was der Opa hier noch soll. Fänd ich ganz normal, wenn der zu ihr will, dann wär sie auch nicht so alleine da oben. Ich kann mir das so richtig schön vorstellen – die beiden auf einer Wolke, und die Engelein singen »Halleluja!«.

Außerdem kommt der Opa ohne die Oma eh schlecht zurecht, deswegen ist er jetzt ja auch im Heim. Ich besuch den da nicht. Ich ruf nur noch an. Ich finde Altenheime nämlich total deprimierend. Jeder weiß, dass da den ganzen Tag WDR 4 läuft. Und dann die ganzen alten Leute!

Das alles tut mir schon leid für den Opa. Wir beide haben eigentlich ein gutes Verhältnis. Das haben wir immer schon gehabt. Der Opa meint, dass ich ganz auf ihn komme. Und er macht sich Sorgen. Jede Woche sagte er zum Schluss unseres Telefonats: »Junge, nimm dein Leben endlich selbst in die Hand!« Und dass ihn das echt glücklich machen würde, wenn ich es zu was bringen würde, immerhin bin ich sein einziger lebender Verwandter. Er hat nur noch mich. Darum mag der Opa mich so gern.

Ich mag den Opa auch. Darum will ich es auch zu was bringen. Darum mach ich das jetzt. Ich bring jetzt den Opa um. Der Opa sagt immer, man muss heutzutage flexibel sein. Aber flexibel sein hin oder her: Wer es zu was bringen will, braucht Geld. Opa hat das Geld. Ich bin sein Erbe. Und im Grunde helf ich dem ja. Und der Oma auch. So einfach ist das.

Heute besuche ich den Opa das erste Mal. Vorher war ich bei der Almut, das ist eine alte Freundin von mir, die es zu was gebracht hat. Pharmazie hat sie studiert. Und sie hatte eine Lösung für mich.

»Drei Tropfen davon, und das war's«, hat die versprochen, als sie mir das Fläschchen überreichte. »Ganz schmerzlos. Ein schöner Tod! Und es riecht auch noch richtig weihnachtlich!«

»Weihnachtlich?«

»Na ja, nach Mandel. Bittermandel«, hat sie geantwortet. »Blausäure eben. Ein Schlückchen davon in seine Tasse, und die Kohle gehört dir.«

Die Sache mit dem Geruch hat mich auch drauf gebracht, die Sache an Weihnachten durchzuziehen.

Wir haben den vierten Advent, da ist es ja nur logisch, wenn ich mich endlich mal blicken lasse im Heim. Ich hab mir das genau überlegt: Ich lade den Opa richtig schön ein. In die Waldau. Da waren wir früher immer spazieren und Tiere

gucken. Und da hat der Opa mit der Oma goldene Hochzeit gefeiert. Toll war das da. Und jetzt mach ich es dem Opa auch richtig schön. Der Opa liebt Wild. Also werden wir Wildschweinbraten essen.
Und Rotwein bestellen wir zur Feier des Tages, wir lassen's richtig krachen! Das macht die Sache auch einfacher – der Arzt hat dem Opa nämlich dunkles Fleisch, Alkohol und so ziemlich alles verboten, was Spaß macht. Und wenn der Opa nach dem Essen tot umfällt, werden alle sagen, das Wildschwein war schuld. Und vielleicht sagen sie auch, dass das ein schöner Tod war, und dabei denken sie an den netten Enkel, der den lieben Opa von seinem mickrigen Angestelltengehalt in die Waldau eingeladen hat zum feinen Wildschweinessen! Weil Weihnachten ist! So ein lieber Enkel! Mensch, bei dem Gedanken krieg ich echt Pipi in die Augen. Ist eigentlich schon schade um den Opa. Aber ich muss ja an meine Zukunft denken, wie er sagt, und mein Leben selbst in die Hand nehmen. Und außerdem ist die Oma im Himmel dann zu Weihnachten nicht so alleine.
Ein bisschen nervös bin ich schon, als ich aus dem Bus steige. Ich hasse Altenheime. Hab ich das schon gesagt? Ich taste in meiner Jackentasche nach dem Fläschchen. Alles da, wo es sein soll.
Tief Luft holen, und los geht's! Ich brauch ja gar kein schlechtes Gewissen zu haben. Hab ich auch nicht. Ich bin hier, um mit meinem lieben Opa fein essen zu gehen. Und dann schick ich ihn in den Himmel zur Oma. Ganz flexibel. Die Tür geht auf, ich geh rein. Und da renne ich erst mal fast in einen riesigen Tannenbaum. Der Eingangsbereich ist total geschmückt, überall Girlanden und dazu Nikoläuse aus Tonpapier an jeder Tür. Und es läuft kein WDR 4, sondern »O du fröhliche«. Ich staune. Der Opa kriegt echt was für das Geld, das er hier jeden Monat reinbuttert. Geld aus meinem Erbe, streng genommen, aber ich will da nicht knickrig sein, ist ja okay, wenn die es dem Opa nett machen zu seinem letzten Weihnachtsfest. Mensch, ich krieg schon wieder feuchte Augen!
Ich kram den Zettel raus, wo ich aufgeschrieben hab, wo ich den Opa finde. Es ist ein großes Heim.
»Kann ich Ihnen helfen?«, sagt eine Stimme hinter mir, als ich auf der Station angekommen bin. Ich dreh mich um, und da steht sie vor mir, ein Engel im weißen Pflegerinnenkittel, richtige Rauschgoldlöckchen und ein süßes Lachen.
»Ich will zu meinem Opa«, sage ich, »Zimmer 314.«
Ich taste in meiner Jackentasche nach dem Fläschchen. Alles da, wo es sein soll.
»Ach, dann sind Sie der Frank?«, fragt sie. »Da wird er sich freuen, der erzählt immer von Ihnen. Kommen Sie mal mit.«
Auf ihrem adretten Kittel hat sie ein Schildchen. Karin. Ein schöner Name.
Sie ist total nett. Und total hübsch. Und ich würde sie total gern einladen, wenn ich die Kohle vom Opa habe. Aber vielleicht dann nicht in die Waldau.
»Ist was?«, fragt sie.
»Nichts, nichts«, sage ich und folge ihr stumm.
Der Opa sitzt mit anderen Opas um einen Tisch und spielt Karten.
»Gucken Sie mal, wer da ist!«, ruft die Karin. In ihrer Stimme klingeln lauter Glöckchen. Sie lacht, und ich sehe, dass sie sogar Grübchen hat.

»Junge! Nee, dass du mich echt mal besuchen kommst!«, ruft der Opa und versucht aufzustehen.
»Bleib sitzen, Opa«, sage ich und küsse ihn auf die kratzige Wange. Ich taste in meiner Jackentasche nach dem Fläschchen. Alles da, wo es sein soll.
»Ich wollte dich abholen«, sage ich. »Damit wir ein bisschen Weihnachten feiern können. In der Waldau.«
Der Opa guckt überrascht. »In der Waldau?«
»Zum Wildschweinessen.« Ich sehe, wie die anderen Opas lange Hälse kriegen.
»So ein netter Enkel!«, sagt der Kahlkopf mit der braunen Strickjacke neben mir und wackelt mit dem Kopf.
»Ja, da staunst du, Berthold«, grunzt der Opa. »Gehabt ist gehabt!«
Ich fühle mich geschmeichelt. »Ich hab gedacht, wir machen uns einen schönen Tag. Vorher können wir ja spazieren gehen und uns die Tiere angucken, so wie früher«, setze ich hinzu.
»Och, Mensch«, sagt der Opa und macht eine Dackelstirn. »Ich hab gar keine Zeit heute, es ist Badetag. Das will man ja nicht verpassen.«
»Opa!«, sag ich. »Waldau, da warst du doch immer so gern! Wir essen lecker. Und trinken auch was!« Den letzten Satz hab ich geflüstert, denn der Opa darf ja nicht trinken, das weiß die Karin bestimmt. Sie steht immer noch hinter uns, ich kann sie sogar riechen. Sie riecht total gut.
»Tut mir echt leid, Junge«, sagt der Opa und guckt tatsächlich bedauernd. »Aber Baden geht vor. Das ist wichtig in meinem Alter.« Er beugt sich vor und raunt: »Heute hat die Karin Dienst!« Er zwinkert.
Ich denke an den Opa, wie er im Schaumbad sitzt, während die Karin seinen Rücken schrubbt, und kann ihn plötzlich sehr gut verstehen. Und ich hab noch nicht mal eine Badewanne! Es wird höchste Zeit, dass ich mein Leben selbst in die Hand nehme! Jetzt heißt es flexibel sein. Ich taste in meiner Jackentasche nach dem Fläschchen. Alles da, wo es sein soll.
»Aber weißte was, Junge«, sagt der Opa und wirft einen Blick auf die Wanduhr. »Eine halbe Stunde könnte ich wohl einrichten. Lass uns wenigstens einen Kaffee trinken.«
»Kaffee?« Ich seh mich um.
»Aber doch nicht hier zwischen den ganzen alten Leuten!«, ruft der Opa und stößt mich in die Seite. »Komm, bring mich in mein Zimmer!«
»Tschü-hüß!«, ruft der Berthold uns hinterher und kichert komisch.
Das Zimmer vom Opa ist schön. So groß wie mein WG-Zimmer, aber mit einem Elektrobett und einem großen hellen Fenster. Und einem Knopf. Auf den drückt der Opa, und umgehend erscheint die Karin in der Tür. Sie lacht, und ihre prächtigen Grübchen lachen mit.
»Zwei Kaffee für meinen Enkel und mich! Einmal mit Milch, einmal ohne!«, ruft der Opa. »Aber flotti karotti!«
Die Karin nickt. »Kommt sofort!«
Ich staune. »Das ist ja wie im Hotel hier, Opa!«
»Man lebt nur einmal«, sagt der Opa und lässt sich ächzend auf sein Elektrobett sinken. »Und bei dir? Immer noch bei Obi? Mensch, Junge, es wird Zeit, dass du dein Leben endlich selbst in die Hand nimmst.«
»Das tu ich«, sage ich und taste in meiner Jackentasche nach dem Fläschchen. Und erstarre. Es ist nicht mehr da!

In diesem Moment geht die Tür auf, und die Karin kommt mitsamt ihren hinreißenden Grübchen und zwei Kaffeetassen rein. »Zweimal Kaffee, die Herren!«, flötet sie und stellt die Tassen vor uns hin. Ich vergesse das Fläschchen sofort und strahle sie an.

Opa linst misstrauisch in die Tassen. »Und die Milch?«, fragt er.

»Ach! Die habe ich ganz vergessen!«

»Mein Enkel trinkt nur mit Milch. Dann musst du wohl noch mal los«, sagt der Opa.

»Aber nicht doch …«, sage ich zaghaft, doch die Karin ist schon wieder hinausgeflattert.

»Die hast du aber im Griff, Opa«, sage ich und kann die Bewunderung in meiner Stimme nicht unterdrücken.

Opa nickt. »Trotzdem muss man alles kontrollieren«, brummt er. »Ach, ich wollte sowieso noch mit dir reden, Junge. Eine ernste Angelegenheit. Aber vielleicht besprechen wir das lieber in der Waldau. Morgen Mittag hätt ich Zeit für dich.«

Da geht die Tür auf, und die Karin kommt wieder rein. Ohne Milch. Und ohne Grübchen.

»Na was denn?«, ruft der Opa unwirsch.

Die Karin ist ganz bleich. »Der Berthold Gruber …«, flüstert sie.

Das muss der gewesen sein, der eben neben mir saß. Da fällt mir mein Fläschchen ein, und ich werde auch bleich.

»Der ist tot!«, flüstert die Karin mit zitternder Stimme. »Ganz plötzlich umgefallen. Von einer Sekunde auf die andere!«

»Ach was«, brummt der Opa.

Die Karin schluckt. »Der hat wohl die falschen Medikamente dabeigehabt. Wie konnte das nur passieren?«

»Ja … wie nur?«, stammele ich.

»Mach du dir keinen Kopf, Junge, alte Leute sterben nun mal«, sagt der Opa, und dann herrscht er die Karin an: »Musst du den Frank so erschrecken?«

Die Karin sieht mich an und setzt ein besorgtes Gesicht auf. »Es war aber ein schöner Tod«, versichert sie.

»Der Berthold hat es verdient«, murmelt der Opa. »Der hat mir immer meine Pullen gemopst, als ich noch welche hatte. Und danach meine Stofftaschentücher. Der alte Gauner hat geklaut wie ein Rabe!« …

Morgen geht es weiter

Hier aufschlitzen

13. Dezember

Ich muss wahnsinnig flexibel sein, jetzt, wo mein schönes Gift weg ist. Ich weiß ja nicht, ob Sie schon mal in der Waldau waren. Das ist oben auf dem Venusberg, wo die Kliniken sind. Wie der Name schon sagt – eine Menge Wald ist da und ein Ausflugslokal und ein Kinderspielplatz und vor allem diese Tiergehege. Rehe und Hirsche, Rehböcke und Hirschkühe – den Unterschied hat mir der Opa beigebracht, als ich noch kleiner war und wir heimlich Kastanien nach den Tieren geworfen haben, obwohl da überall »Nicht füttern!« stand.

Ja, und die Wildschweine. Die gibt es nicht nur auf dem Teller, sondern auch im Gehege. Wildschweine sind ja bekanntermaßen Allesfresser. Wie Schweine, nur wilder. Und stärker. Was man denen ins Gehege wirft, das machen die platt. Da bleibt nichts von übrig.

Und wenn so ein alter Opa, der nicht mehr gut zu Fuß ist, verbotenerweise Kastanien ins Gehege wirft und dabei fällt, dann ist das vielleicht nicht der schönste Tod, aber es ist immerhin ein Unfall.

Schlau, oder?

Darum überrede ich den Opa am nächsten Tag vor dem Essen zu einem Spaziergang. Wobei, spazieren kann man das nicht nennen, wie der Opa mit seinem Stock durch den Wald schlurft. Am Spielplatz vorbei schafft er gerade noch. Dann bleibt der Opa stehen.

»Es gibt da noch was, das muss ich mit dir besprechen, Junge«, sagt er. »Was Ernstes.«

»Mit dem Tod vom Berthold hab ich nichts zu tun!«, rufe ich hastig.

Für einen Moment sieht der Opa verwirrt aus. »Es geht gar nicht um den Berthold«, sagt er dann und hüstelt ein bisschen. »Es geht um die Karin.«

Bei dem Gedanken an die Karin muss ich einfach lächeln.

»Die ist nett«, sage ich.

»Das stimmt wohl«, sagt der Opa gedehnt.

»Obwohl du sie so rumkommandiert hast«, füge ich etwas vorwurfsvoll hinzu.

Der Opa nickt zufrieden. »Genau. Die lässt sich ganz gern rumkommandieren. Ums kurz zu machen: Wir wollen heiraten.«

In dem Moment muss ein Wildschein geröhrt, gekalbt oder sonst wie gebrüllt haben, auf jeden Fall hab ich mich verhört. Ich hab nämlich verstanden, dass der Opa heiraten will. »Noch mal, bitte, ich hab dich nicht verstanden.«

»Heiraten«, sagt der Opa knapp. »Ich und Karin.«

Ich schlucke. Und dann schlucke ich noch mal. Und gleich noch einmal.

»Tja, das hast du mir altem Knacker nicht zugetraut, was?«, meint der Opa und sieht sehr zufrieden aus.

Er nimmt seinen Stock und humpelt weiter in Richtung Wildschweine.

»Aber das kannst du doch nicht machen! Denkst du denn gar nicht an die Oma?«, frage ich und muss fast weinen.

»Die Oma ist jetzt im Himmel, Frank!«, sagt der Opa. »Und so ganz allein, das ist nichts für einen Mann wie mich. Ich hab doch lieber 'ne Frau um mich.«

Ich denke an die arme Oma allein im Himmel, die den Opa auch lieber um sich hätte, aber ich merke schon, dass der Opa daran keinen Gedanken verschwendet.

»Opa, denk doch mal nach«, sage ich. »Du bist sechsundachtzig! Du kannst nicht mehr heiraten! Du kannst es jederzeit hinter dir haben!«

»Eben«, sagt der Opa und nickt zufrieden. »Das ist doch der beste Grund. Wie schön, dass ich die Karin noch kennengelernt habe, oder?«

Inzwischen sind wir bei den Wildschweinen angekommen. »Gar keine Kastanien dabei«, grummelt der Opa, dann nimmt er seinen Stock und stochert im Gehege herum. Die Wildschweine nähern sich neugierig.

»Aber denk doch mal nach, Opa. Was soll die Karin denn mit einem alten Kerl wie dir? Die will doch nur dein Geld«, sage ich.

»Nein, nein, die liebt mich«, sagt der Opa. »Man muss eben flexibel sein, und das ist die Karin. Und ich auch. Ich bin total flexibel!«

»Aber doch nicht mehr in deinem Alter, Opa!« Ich guck ihn an, und er grinst, und da fällt mir was ein. Ich setze nach: »Du machst doch Witze! Wenn ihr verlobt wärt, dann hätte dich die Karin doch nicht die ganze Zeit gesiezt!«

Der Opa sieht mich abschätzig an. »Denk doch mal nach, Junge! Wenn die von der Pflegedienstleitung das mitbekommen, dann hat die Karin ruck, zuck eine Anzeige wegen sexuellem Missbrauch von Schutzbefohlenen an der Hacke! Und in den Knast soll sie nicht, wenn ich schon heirate, dann will ich auch was davon haben.«

Ich versuche es jetzt andersherum. »Die Karin ist ja noch jung – du kannst die doch nicht heiraten und dann sofort zur Witwe machen!«

»Hatte ich so auch nicht vor«, sagt der Opa würdevoll. »Aber wenn es so kommt, dann hab ich's noch mal richtig schön gehabt, und die Karin ist reicher als vorher.«

Erst in dem Moment begreife ich, worum es hier geht. Dass die Karin dann alles erbt.

Ich muss das wohl laut gesagt haben, denn der Opa korrigiert mich: »Nicht alles, Frank, deinen Pflichtteil bekommst du natürlich. Aber den brauchst du nicht. Ich kenne dich. Du wirst es ganz allein noch zu was bringen, da bin ich mir ganz sicher! Schließlich kommst du auf mich.«

In dem Moment sehe ich das Wildschwein, es ist ein prächtiger starker Keiler, er schnüffelt an Opas Stock. Jetzt heißt es flexibel sein! Ich nehme meine ganze Kraft zusammen und werfe mich gegen den Opa. Nur leider bleibe ich an seinem Stock hängen.

»Frank, nein!«, ruft der Opa, und da erst merke ich, dass ich im Gehege liege. Und dann kommt auch schon das Wildschwein.

Und das ist wilder als ein Schwein. Und stärker. Und ein Allesfresser …

Morgen geht es weiter

Hier aufschlitzen

14. Dezember

Ich wache erst im Krankenhaus wieder auf. Ich liege in einem Elektrobett unter einer weißen Decke in einem weiß gestrichenen Raum. Mir gegenüber an der Wand hängt ein Nikolaus aus Tonpapier. Es sieht aus wie im Altenheim. Im Radio läuft WDR 4.

Jemand hält meine Hand. Das ist der Opa.

»Frank, Mensch!«, sagt er. »Du machst Sachen! Ich bin so froh, dass das noch mal gut gegangen ist.«

»Ich auch«, flüstere ich.

»Der Keiler hat dich ganz schön zugerichtet«, sagt der Opa.

Ich gucke an mir runter. Ich bin so weiß wie meine Umgebung, alles voller Gips und Mull.

»Die schlechte Nachricht ist, du brauchst jetzt auch einen Stock. Na, du kommst eben ganz auf mich«, sagt der Opa.

»Und die gute?«, frage ich schwach.

Der Opa lacht keckernd. Da geht die Tür auf, und die Karin kommt rein. »Die gute ist – du kannst uns gratulieren! Darf ich dir deine Stiefoma vorstellen?«

Die Karin zeigt ihre Grübchen, und dann wackelt sie mit dem Klunker an ihrer rechten Hand.

»Na, herzlichen Glückwunsch«, erwidere ich und schließe die Augen.

»Nicht einschlafen«, sagt der Opa und stampft mit dem Stock auf den Boden. »Du musst essen und trinken, damit du zu Kräften kommst! Dann kommst du bis Heiligabend hier raus. Die Karin wird uns dann beide pflegen.«

Ich öffne sofort die Augen wieder. »Echt?«

Die Karin lächelt ganz lieb und zeigt ihre Grübchen.

»Ist doch selbstverständlich, Frank!«, sagt der Opa. »Wir sind doch eine Familie!«

Die Karin nickt und legt ihm kurz den Arm um die Schulter. Dann setzt sie sich auf den Bettrand neben mich und reicht mir mit ihrer zarten Hand eine Schnabeltasse, und ich nehme einen Schluck. Dann noch einen. Schmeckt gut. Nach Weihnachten. Mit Mandelaroma oder so. Ich reiße die Augen auf.

»Wa…«

Die Karin lächelt mich an. »Hab ich gefunden«, flüstert sie ganz leise, sodass der Opa es nicht hört. »Neben dem armen Berthold. Du glaubst doch nicht im Ernst, dass ich dir freiwillig deinen Pflichtteil lasse, oder?«

Ich höre eine Stimme aus weiter Ferne. Und dazu höre ich noch etwas. Ein helles Klingeln. Wie von –

»Ist das schön, Junge, dass du mich mal besuchen kommst!«

Ich mache die Augen auf, alles ist blau um mich herum, und da steht die Oma vor mir. Sie klopft neben sich auf die Wolke und sagt: »Komm, setz dich zu mir! Nein, ist das schön, dass ich Weihnachten nicht alleine bin!«

Hinter ihr sehe ich lauter Engelein. Sie schütteln kleine Glöckchen und rufen »Halleluja!«.

Ende

Hier aufschlitzen

15. Dezember

MARITA ERFURTH

Und der Schnee rieselt leise

Bad Dürrheim

Es schneit ein bisschen.
Eva stellt das Autoradio an. Zum Glück nicht so laut. Ein Kinderchor singt Weihnachtslieder. Gefällt mir.
Schneeflöckchen, Weißröckchen, wann kommst du geschneit …
Das Lied passt ja richtig. Wie schön.
Eva will jetzt unbedingt noch den Weihnachtsbaum besorgen. Meinetwegen. Obwohl sie das von mir aus gerne auch alleine hätte machen können. Immer glaubt sie, sie müsste mich überallhin mitnehmen. Andererseits fahre ich schon gerne mit. Ist mal 'ne Abwechslung. Wenigstens sind es noch ein paar Tage bis Heiligabend. Die Straßen um die Bad Dürrheimer Einkaufsmeile sind noch nicht allzu verstopft, obwohl Eva natürlich wieder mal über die Bundesstraße ins Industriegebiet fährt. Tausendmal habe ich ihr schon gesagt, sie soll über Hochemmingen fahren, weil das schneller geht. Und mehr Spaß macht. Aber so ist das eben, wenn man nichts mehr zu sagen hat. Die kleine Verbindungsstraße zwischen Sunthausen und Hochemmingen war früher immer meine Lieblingsstrecke. Wie oft bin ich nach Hochemmingen gefahren zum Fotoatelier Rolf Becker direkt an der Kurve. Gibt's schon lange nicht mehr. Und dann gegenüber noch 'ne Brezel geholt im Laden. Die waren gut. Gibt's heute auch nirgends mehr. So gute.
Hoffentlich nimmt Eva wenigstens einen Parkplatz, von dem aus ich etwas sehen kann. Ich bleibe natürlich im Auto. Die haben da ja einen kleinen Weihnachtsmarkt aufgebaut. Haben die bisher noch nie gemacht, glaube ich. Wäre schön, da mal drüberzulaufen. Einen Glühwein trinken. Gekauft haben wir auf solchen Märkten eigentlich kaum mal was. Doch, die schöne Uhr mit dem Hund, der nach dem Schinken guckt, der über dem Kamin hin- und herpendelt. Wo war denn das? Ah ja, in Konstanz.
»Du bleibst natürlich im Auto.« Klar.
»Bin gleich wieder da.« Ich weiß.
Leise rieselt der Schnee, still und starr ruht der See …
Sie stellt das Auto direkt neben der Sammelstelle für Einkaufswagen ab. Gut. So kann ich den Baumverkauf am Eingang des Edeka-Marktes beobachten und die Stände sehen. Früher war das mal das P & Q. Den Namen denke ich heute noch, wenn ich den Laden hier meine. Weiß nicht mehr, was das bedeutet hat. Preiswert und Qualität? Irgend so was in der Art. Ein komischer Weihnachtsmann ist das da. Was hat der eigentlich hier verloren? Nikolaus ist längst vorbei, und hier im Schwarzwald glauben wir nun mal ans Chrischtkindle. Sieht auch nicht so aus, als ob er was für die Kinder dabeihätte. Aber gut. Das Rot des Mantels sieht schön aus vor dem Grün der Fichten. Oder besser gesagt Nordmanntannen. Nordmanntannen – was für ein Name. Und viel zu teuer. Wenn Eva schlau ist, kauft sie eine Fichte. Kostet mindestens zwanzig Euro weniger. Früher haben wir den Baum ja immer selbst geschlagen. Darf man nicht mehr.

Was macht sie eigentlich? Warum kramt sie in ihrer Tasche herum und geht nicht endlich los? Ach so. Sie holt ihre Handschuhe raus. Bestimmt kauft sie hinterher am Stand da drüben noch Kerzen. Bienenwachskerzen für den Weihnachtsbaum. Als ob es normale Kerzen nicht auch täten. Aber besser riechen tun sie schon, wenn man sie ausbläst.

Bald ist heilige Nacht, Chor der Engel erwacht, hört nur wie lieblich …

Hoffentlich kühlt der Wagen in der Zwischenzeit nicht total aus. Ich friere nicht gerne.

Jetzt geht sie endlich los. Lauf doch ein bisschen schneller. Schade allerdings, dass ich den Eingang zum Einkaufsmarkt nicht sehen kann. Der weiße Transporter versperrt mir die Sicht, und jetzt weiß ich nicht, ob Eva erst noch in den Laden geht.

Neben mir kommt ein Wagen zum Stehen. Der parkt aber eng. Sehr eng. Hoffentlich schlägt er mit der Tür nicht gegen unser Auto. Ach so, eine junge Frau. War ja klar. Da passt die doch nie durch. Also gut, grade so. Die ist aber auch ziemlich dünn. Und jung. Anfang zwanzig, schätze ich mal. Hübsch. Hübsch und freundlich – hat mir zugelächelt. Wie nett sie aussieht. So schöne Stiefel. Mit Pelz am Rand. Könnte Eva auch mal tragen, so was. Sie geht direkt zum Markt. Scheint nicht viel kaufen zu wollen, sonst hätte sie bestimmt einen Einkaufswagen genommen.

Es ist ein Ros entsprungen, aus einer Wurzel …

Schönes, trauriges Lied. Würde ich lieber nicht hören. Weckt Erinnerungen. Alles vorbei.

Wenig los hier. Komisch eigentlich, wo sind denn alle? Vielleicht wegen der Wirtschaftskrise. Die Leute haben kein Geld mehr. Eva gibt auch zu viel aus.

Warum die Kleine nur so eng neben uns geparkt hat? Ist doch genug Platz da. Aber sei's drum.

Fange langsam an zu frieren.

Der Weihnachtsmann scheint Pause zu haben. Von was eigentlich? Habe noch nicht gesehen, dass er etwas verteilt hätte. Sind aber im Moment auch kaum Kinder da. Er kommt in meine Richtung. Geht zu dem weißen Lieferwagen. Aha. Sein Rentierschlitten. Sieht nicht gut aus, der Mann. Schlampig irgendwie. Ein dünner Mantel, jämmerliche Kapuze – bestimmt vom Schlussverkauf. Natürlich weiße Turnschuhe. Geschmackloser geht's wohl nicht. Und das Gesicht so voller Bart, als wär's eine Maske. Gruselig. Man sieht ja fast keine Augen, und sollte er nicht eine rote Nase haben? Weiß gar nicht genau. Sieht aus wie an Fasnacht. Ist ja auch bald wieder. Na ja, für mich hat sich das ein für alle Mal erledigt. Auch nicht schlimm.

Das Röslein, das ich meine …

Da vorne scheinen sie Glühwein zu verkaufen. Und Bratwürste. Und daneben Lebkuchen. Habe mir doch gedacht, dass der Dicke da sich einen kauft. Vielleicht kommt Eva ja auf die Idee, mir was mitzubringen, Hunger hätte ich schon. Aber wahrscheinlich nicht.

Aha, die junge Frau kommt schon wieder. Und Eva ist noch weg. Typisch.

Jetzt geht sie auch zu dem Baumverkauf. Vergiss es, Mädchen. In deinen Smart bekommst du nie im Leben eine Tanne rein. Aber vielleicht liefern die ja auch? Wird aber teuer. Wenigstens hat es aufgehört zu schneien. Sonst könnte ich

gar nichts mehr sehen durch die Scheibe. Liegt sowieso schon genug Schnee. Hoffentlich sind die Reifen gut. Die Hirschhalde hoch ist es immer ziemlich glatt. Aber vielleicht fährt sie ja wenigstens über Hochemmingen heim. Dann könnte sie kurz beim Laufer anhalten und mal einen TÜV-Termin fürs Auto ausmachen. Aber daran denkt sie bestimmt nicht. Außerdem, vor dem Ortseingang wird es auch steil, und wahrscheinlich ist da gar nicht gestreut. Die nehmen da nie Salz.

Jetzt macht der Möchtegern-Weihnachtsmann die Türen am Lieferwagen hinten auf, sodass ich den Baumverkauf nicht mehr sehen kann. Prima. Ob Eva endlich dort ist?

Das Blümelein so kleine, das duftet uns so süß …

Von mir aus könnte jetzt mal ein anderes Lied laufen.

Was macht der da eigentlich? Steht bloß rum und verdeckt mir die Sicht. Hat mich wahrscheinlich nicht bemerkt. Hat sowieso nicht hergesehen. Warum auch. Hat ja genug damit zu tun, Löcher in seinen Lieferwagen zu starren. Tolle Pause.

Jingle bells, jingle bells …

Hier ist wirklich nichts los. Ich an seiner Stelle würde heimgehen und am Samstag wiederkommen, wenn es sich lohnt. Aber der ist wahrscheinlich fest angestellt. Ob Edeka solche Leute zahlt? Oder die Aussteller vom Weihnachtsmarkt? Viel verdient er bestimmt nicht. Sicher Hartz IV. Darf der sich überhaupt etwas dazuverdienen? Na ja, ist nicht mein Problem. Jetzt tut sich was. Ob Eva …? Nein, das junge Fräulein kommt. Hat ’ne Plastiktüte dabei. Würde Eva nie machen. Die hat immer einen Korb im Auto.

Der Weihnachtsmann ruft ihr etwas zu. Kennen die sich? Jetzt geht sie hin. Würde ich nicht, an ihrer Stelle. Der sieht verschla… Hallo! Was ist jetzt los? Will der sie küssen, oder was? Sieht nicht so aus, als ob sie das gut findet. Die wehrt sich ja richtig. Die Tüte knallt auf den Boden und verschwindet halb unter dem Lieferwagen. Gott, ist mir jetzt heiß. Komm, reg dich nicht so auf. Tut dir nicht gut. Mensch, der hält sie fest und drückt ihr was vor den Mund. Das darf doch nicht wahr sein. Jetzt hab ich schon wieder Herzrasen. Was macht der denn? Die sackt ja ganz zusammen! Der hält sie fest und dreht sich mit ihr im Kreis. Spinnt der? Der schaut sich um. Wenn ich nur nicht so einen trockenen Mund hätte. Hat er mich gesehen? Jetzt schleppt er sie an sein Auto ran. Schmeißt sie einfach hinten rein! In den Laderaum! Scheiße! Scheiße! Der entführt sie. Das gibt’s doch nicht. Meine Augen brennen, kommt bestimmt von dem Schweiß, der mir von der Stirn tropft.

Jetzt aussteigen und den Typen zusammenschlagen. Das Mädel retten.

Ich bin starr. Kann mich nicht bewegen. Kann einfach nicht. Mein Herz schlägt mir bis zum Hals. Gleich kippe ich um. Kommt denn da niemand? Jetzt knallt er die Tür zu und rennt nach vorne. Der steigt ein! Mir wird schlecht. Eine Entführung! Hilfe!

Die Nummer merken. Die Autonummer, Mensch. Ich kann sie nicht erkennen. Sehe sie nur verschwommen. Meine Augen brennen zu sehr.

Nein, der steigt nicht ein. Der kommt hierher. Der hat mich gesehen. Um Gottes willen, ich bin ein Zeuge! Gleich muss ich kotzen. Der will mich umbringen. Grinst mir genau ins Gesicht durch seinen Scheißbart. Der geht ganz gelassen auf unser Auto zu.

Kling, Glöckchen, klingelingeling …

Da kommt einer. Danke, danke, Gott sei Dank! Den kenn ich. Der verkauft da drin immer Gürtel und so. Geheiligt und gesegnet seien alle Raucher. Er bietet dem maskierten Drecksack eine Zigarette an. Komm, nimm sie, Blödmann. Nein, er lehnt ab. Man glaubt es nicht. Der ist ganz entspannt. Lacht mit dem über irgendwas.
Bitte, Eva, komm jetzt! Solange der andere Typ da ist. Eva – wenn er sie auch …
Da kommt sie ja! Mach schnell! Mit dem riesigen Baum in den Armen sieht sie doch gar nichts. Scheiße, der Raucher geht. Der Maskierte will an meine Tür. Aber der ist zu dick, kommt nicht durch die enge Lücke. Jetzt ist Eva da. Redet mit ihm. Schaut dann besorgt zu mir. Was hat der ihr erzählt? Lass sie bloß in Ruhe, du, du …
Sie reißt die Fahrertür auf: »Was ist denn mit dir, Papa? Du bist ja knallrot und ganz nass geschwitzt!«
Die Maske redet auf sie ein.
»Nein, ich weiß nicht, was er hat. Vielleicht wegen der Weihnachtslieder. Er kann seit seinem Schlaganfall nicht mehr sprechen.« Sie klingt erschüttert.
»Nein, schreiben kann er auch nicht mehr. Gar nichts. Ich glaube, ich fahre gleich zum Arzt mit ihm.«
Freu dich, du Arschloch. Ich kann dich nicht verraten.
»Also nochmals vielen Dank, dass Sie nach ihm gesehen haben.«
Die Maske geht zurück zu seinem Wagen.
Eva wischt mir mit einem Taschentuch übers Gesicht.
Macht mir auf die Türen, lasst mich nicht erfrieren …
Er fährt rückwärts aus der Parklücke.
»Du machst vielleicht Sachen, Papa. Du zitterst ja am ganzen Körper.«
Er fährt los. Mit der jungen Frau hinten drin. Eva macht das Radio aus.
»Wir fahren direkt zum Doktor. Wein doch nicht, Papa. Das ist bestimmt die Aufregung, wegen Weihnachten und so.«
Der Smart steht unbeeindruckt an seinem Platz.
»Schau mal, da hat jemand seine Tüte verloren.«
Ich möchte sterben.

»Hör mal, Papa – das glaubst du nicht.«
Will nichts hören, will nichts glauben.
»Gestern auf dem Edeka-Parkplatz, erinnerst du dich?«
Allerdings. Bis an mein Lebensende. Meine Augen werden schon wieder feucht.
»Da war doch so ein Weihnachtsmann, der mit uns geredet hat. Der sich Sorgen um dich gemacht hat.«
Mein Herz beginnt zu pochen.
»Der hat eine Frau entführt. Auf dem Parkplatz. Stell dir mal vor – wir hätten das fast mitgekriegt.«
Mein Herz pocht wie verrückt. Was ist los?
»Er ist in eine Geschwindigkeitskontrolle geraten, und die Polizei hat den Wagen überprüft. Dabei haben sie die Frau entdeckt.«
Mein Gesicht ist jetzt tränenüberströmt.
»Aber Papa, warum weinst du denn jetzt? Sie haben sie doch gefunden.«
»…«
»Papa – was ist denn nur? Wart mal. Hast du gestern … warst du deswegen? O Gott!«

Ende

Hier aufschlitzen

16. Dezember

ANDREAS FÖHR

Die stille Nacht

Im Voralpenland

1. AKT

Die Limousine fuhr durch die Heilige Nacht und den Föhnsturm, der an diesem Abend durchs Voralpenland fegte. Der Mann am Steuer hieß Holger Wenger. Er war achtunddreißig Jahre alt, seine Züge weich, die Wangen unrasiert, die Augen von dunklen Schatten umrandet. Vor neunundzwanzig Jahren war Holgers Mutter in der Weihnachtsnacht mit ihrem Wagen gegen den zweihundert Jahre alten Ahornbaum gerast, der zwischen Moosrain und Hauserdörfl am Straßenrand stand. Die Polizei ging von Selbstmord aus. Vor neun Jahren erdrosselte Holger seine Freundin Sabine, nachdem er herausgefunden hatte, dass sie ihn betrog. Nach der Tat fuhr er zu dem Ahornbaum, an dem Holgers Mutter ihrem Leben ein Ende gesetzt hatte, und vergrub die Leiche dort. Der Hund eines Spaziergängers entdeckte die Tote noch am gleichen Tag. Das psychologische Gutachten bescheinigte Holger eingeschränkte Zurechnungsfähigkeit. Der durch den frühen Tod der Mutter verursachte Schock habe bleibende Schäden hinterlassen, vor allem psychotisch ausgeprägte Verlassensängste. Holger wurde wegen Totschlags zu sieben Jahren Haft mit anschließender Sicherungsverwahrung verurteilt. Aufgrund einer günstigen Prognose war er vorgestern entlassen worden. Das Mädchen auf dem Beifahrersitz war blass und sagte nichts. Ihre Augen blickten zur Wagendecke und blinzelten nicht. Die Würgemale am Hals bewegten sich nicht. Sie war tot. Holger wusste nicht genau, warum er durch die Nacht fuhr. Auch wusste er nicht, wo er hinfuhr, hatte aber ein Gefühl, als gehe es irgendwie in Richtung des alten Ahornbaumes.

Martin Wenger machte noch einen Rundgang durch den Speisesaal und überzeugte sich davon, dass die Tischdekoration stimmungsvoll war. Menschen, die Heiligabend in einem Hotel verbrachten, erwarteten ein angemessen festliches Ambiente. Martin tat alles, um den Wunsch seiner Gäste nach weihnachtlicher Erbauung zu erfüllen. Er selbst freilich hatte einen Beruf gewählt, der ihm das Weihnachtsfest vom Hals hielt.

Martin ging durch die Lobby und begrüßte die Stammgäste, die das Jahresende wie üblich in dem Hotel am Malerwinkel verbrachten. Beim Rezeptionisten erkundigte er sich, ob der BMW gereinigt in der Tiefgarage stehe. Der Rezeptionist sagte, der Wagen sei gereinigt, aber nicht mehr in der Tiefgarage. Martins Bruder sei damit weggefahren, habe der Hausmeister berichtet. Da sich der Bruder in Besitz der Wagenschlüssel befand, sei der Hausmeister davon ausgegangen, dass alles seine Ordnung habe. Ja, das habe es, sagte Martin und ärgerte sich. Denn er hatte Holger eingeschärft, er solle den Wagen nur im Notfall benutzen. Es sei auch noch jemand anders in dem Wagen gesessen, meinte der Portier. Eine Dame, die der Hausmeister aber nicht genau erkennen konnte. Martin bedankte sich und verließ schlecht gelaunt die Rezeption.

Martins Verstimmung rührte daher, dass er seine Freundin Jenny seit zwei Stunden nicht erreichen konnte. Ihr Handy war ausgeschaltet. Er wollte wissen, wie lange sie heute Abend bei ihren Eltern bleiben würde. Das neue Mädchen aus dem Service kreuzte Martins Weg und grüßte ihn lächelnd. Martin lächelte zurück und drehte sich nach ihr um. Sie wusste, wie man einen Hintern bewegt.
Martin ärgerte auch, dass sein Bruder ins Hotel gekommen war. Er war vorgestern aus dem Gefängnis entlassen worden und sollte zunächst bei Martin im Haus bleiben und fernsehen, am Computer spielen oder sonst etwas machen, bei dem er nicht mit anderen Menschen in Berührung kam. Martin wollte seinen Bruder langsam wieder in die normale Welt einführen. Wie genau, wusste er noch nicht. In der vorweihnachtlichen Hektik hatte er keine Zeit gehabt, sich etwas zu überlegen. Bis jetzt hatte er Holger weder ins Hotel mitgenommen, noch hatte er ihm Jenny vorgestellt. Möglicherweise hatte Holger das selbst in die Hand genommen. Und das war Martin aus mehreren Gründen unangenehm.
Er ging in sein Büro und wählte die Nummer des Autotelefons. Es dauerte eine Weile, bis Holger dranging. Er war mit dem Gerät nicht vertraut. »Apparat Martin Wenger.«
»Hier ist Marty. Du – ich sag's dir! Ein Kratzer wenn an den Wagen kommt. Wo bist du denn?«
Holger musste vor einer kleinen Brücke bremsen, weil ein Wagen entgegenkam. Dem Mädchen neben ihm fiel der Kopf auf die Brust. »Ich seh mir ein bisschen die Gegend an.«
»Welche Gegend?«
»Moosrain …«
»Mann! Lass den Quatsch. Du fährst da heute Abend nicht hin.«
»Mama ist da gestorben. Heute vor neunundzwanzig Jahren. Ich will doch nur ein paar Minuten am Baum stehen.«
Dagegen wäre an sich nichts einzuwenden gewesen. Aber es war eben nicht nur Holgers und Martins Mutter, mit deren Gedenken der Baum verbunden war. »Hör zu, Holger, ich will nicht drum herumreden. Es geht nicht nur um Mama, okay? Wir beide wissen, dass an diesem Baum noch mehr passiert ist.«
»Was hat denn das eine mit dem anderen zu tun?«
»Keine Ahnung, das weißt du am besten.«
Holger schwieg.
»Ich mach mir einfach Sorgen, dass du das nicht verkraftest. Die Ärzte haben gesagt, du bist psychisch immer noch nicht ganz stabil.«
»Ja, ja. Vielleicht fahr ich auch nicht hin.«
»Lass es, versprochen?«
Holger gab einen unartikulierten Laut von sich, den Martin als Zustimmung deutete.
»Mal was anderes. Du warst im Hotel?«
»Äh …«
»Natürlich warst du im Hotel. Sonst hättest du den Wagen ja nicht.«
»Ja gut. Ich war im Hotel. Ich weiß, du hast gesagt, ich soll den Wagen nur …«
»Es geht nicht um den Wagen. Hast du Jenny getroffen?«
Holger sah zu dem Mädchen, das vor sich hin zu dösen schien und langsam auf seine Schulter sackte. Er schob sie behutsam in eine aufrechte Position und überlegte, was er

antworten sollte. Offenbar wusste Martin Bescheid. »Ja. Ich hab sie kurz getroffen.«

»Was habt ihr geredet?«

»Nichts Besonderes. Ich hab gesagt, ich bin dein Bruder. Und sie sagt, hi, ich bin die Jenny. Wie geht's und so solche Sachen. Wieso?«

»Eigentlich wollte ich dir noch was sagen, bevor du sie triffst. Ich hab dich nämlich ein bisschen angeschwindelt.«

»Inwiefern?«

»Als ich gesagt habe, sie hätte mich beschissen … es könnte sein, dass sie dir was anderes erzählt.«

»Ja meinst du, ich glaub der Schlampe mehr wie dir?« Holger wurde laut.

»Holger! Jetzt reg dich doch nicht immer gleich so auf. Außerdem … na ja, wie soll ich sagen … sie hätte nicht ganz unrecht.«

Holger war sichtlich irritiert. »Was heißt das?«

»Es war eigentlich umgekehrt.«

»Wie – umgekehrt?«

»Na ich hab sie … betrogen. Nicht schlimm. Aber sie hat's rausgekriegt. Inzwischen hat sie's mir aber verziehen. Wir haben uns heute ausgesprochen. Ist also alles wieder im Lot, okay?«

Holger lenkte den Wagen an den Straßenrand und betrachtete mit offenem Mund das Mädchen neben sich, dessen lebloser Oberkörper sich wieder auf seine Seite zu neigen begann. Er schob das Mädchen mit einer Hand vorsichtig in Richtung Beifahrertür. Nach ein paar langen Sekunden fand er wieder Worte. »Hey Mann! Wieso … ich mein, wieso erzählst du mir so einen gottverdammten Mist?! Heißt das, Jenny hat dich gar nicht …?«

»Genau so ist es. Ich bin das Schwein. Hier im Hotel laufen halt jede Menge scharfe Mädels rum. Mein Gott, ich bin auch nur ein Mann.«

Holger war den Tränen nahe. »Ich versteh das nicht. Wieso erzählst du dann … das ist doch … nicht in Ordnung!« Er warf einen kurzen, verzweifelten Blick auf das Mädchen neben sich.

»Das war aus der Situation raus. Du kommst grad aus'm Knast und sagst: Mensch Marty, jetzt lern ich endlich mal Jenny kennen. Hätt ich sagen sollen: Tja, Pech. Die ist grad sauer auf mich, weil ich eine aus dem Service genagelt hab?«

»Aber da muss man doch nicht so eine verfickte Scheiße erzählen!!!«

»Holger! Hör mir mal zu, du warst gerade acht Jahre lang im Knast. Weil … na ja, im Endeffekt, weil deine Freundin dich betrogen hat. Du bist in diesen Dingen eben sehr empfindlich. Ich hab gedacht, wenn ich dir die Wahrheit sage, bin ich das letzte Schwein für dich. Und da hab ich halt irgendeinen Käse erzählt.«

Holger schwitzte und wagte nicht nach rechts zu sehen. Er stellte den Motor ab und sank weinend auf das Lenkrad.

»Holger? Was ist denn los?«

»Nichts«, erwiderte er und versuchte, seine Fassung wiederzufinden.

»Sag mal – du hast Jenny doch nicht blöd angemacht deswegen?«

»Nein. Es ist nur … verstehst du, wenn du's mir gleich gesagt hättest, ich … ich hätte mich einfach anders verhalten.«

Holger atmete schwer aus.

»Geht's dir nicht gut? Irgendwas ist doch.«

Holger versuchte, nicht zu hyperventilieren, und umklammerte mit zitternden Händen das Lenkrad. »Martin – ich muss dir was sagen …« Holger rang mit sich. Sollte er seinem Bruder die Wahrheit zumuten? Ihn damit zum Mitschuldigen machen, obwohl er doch ihn, Holger, belogen und damit das tragische Missverständnis heraufbeschworen hatte, das wiederum zu der unangenehmen Situation geführt hatte, in der Holger sich jetzt befand.
»Was musst du mir sagen?« fragte Martin, nachdem von Holger nichts mehr kam.
»Es fällt mir wirklich schwer, es dir zu sagen. Aber es geht nicht anders. Man … man kann die Wahrheit nicht ewig verdrängen.«
»Um was geht es denn, Herrgott noch mal?«
»Ja Martin, ich habe Jennifer getroffen. Und was dabei herausgekommen ist, wird dir nicht gefallen.«
»Nämlich?«
»Bitte versuche jetzt, das einfach mal ganz ruhig aufzunehmen.«
»Spuck's halt endlich aus!«
»Nun – um es kurz zu machen … Die Frau ist nicht gut für dich.«
Martin war leicht konsterniert. »Wie kommst du dazu, so was zu sagen? Du kennst sie doch überhaupt nicht.«
»Okay. Sie hat dich diesmal nicht beschissen. Wie auch immer, aber das kannst du abwarten. Die … die kann morgen schon weg sein, und du hörst nie wieder was von ihr. Taucht einfach nicht mehr auf.«
»Holger! Bitte!«
»Glaub's mir. Diese verdammten Blondinen – die sind so.«
Holger schluckte und rang mit den Tränen. »Sabine war auch … blond.«
»Was redest du da eigentlich? Jenny ist brünett.«
Holgers Gesicht verzog sich ungläubig. Er blickte vorsichtig zu dem Mädchen und schaltete die Innenbeleuchtung ein. Die schulterlangen Locken hingen seitlich vom Kopf, der immer noch auf ihrer Brust lag, und verdeckten das Gesicht. Holger streckte seine Hand in Richtung der hellen Haare, wagte aber nicht, sie zu berühren. »Sie ist nicht brünett«, sagte er ins Telefon. »Sie hat lange, aschblonde Locken.«
Martin dachte eine Weile über Holgers letzten Satz nach. Dann lachte er und schüttelte den Kopf. »Nein, nein. Jenny hat kurze, braune Haare. Wen du meinst, das ist die Jenny aus der Buchhaltung. Du … du hast doch nicht geglaubt, dass das meine Freundin ist.«
»Ich hab einfach nach Jenny gefragt. Und die kam aus deinem Büro. Gibt's da noch eine?« Eine entsetzliche Ahnung war dabei, sich zur Gewissheit zu verfestigen …

Morgen geht es weiter

Hier aufschlitzen

17. Dezember

»Das glaub ich jetzt nicht! Du musst doch irgendwas gemerkt haben?«
»Die hat natürlich alles abgestritten. Ich denk noch: Klar, das passt. Die kleine Nutte! Bescheißt meinen Bruder und lügt mir ins Gesicht.«
»Was erzählt sie denn?«
»Irgendeinen Quatsch. Du wärst ihr unheimlich und würdest sie immer so komisch ansehen. So'n Zeug. Ich dachte, die Alte tickt nicht richtig ...«
Martin spielte gedankenversunken an einem Kugelschreiber herum. »Ja, hab ich schon von anderen Leuten gehört, dass die Geschichten über mich erzählt. Keine Ahnung, warum. Vielleicht will die was von mir, und ich hab's nicht gecheckt. Weiß man ja nie bei Frauen.«
»Die ist nicht ganz sauber im Kopf, oder? Die ist doch krank!«
»Kann sein. Jetzt bring mal den Wagen zurück.«
Holger blickte zu dem Mädchen. »Du – ich brauch noch 'ne Stunde.«
»Ja, aber gib Gas, okay?«
Nachdem Martin aufgelegt hatte, bemerkte er, dass Jenny auf seiner Mailbox war. Sie war noch bei ihren Eltern, wollte aber in Kürze bei ihm sein. Martin rief sie an. Wie sich herausstellte, war Jenny den ganzen Tag nicht im Hotel gewesen und hatte auch Holger nicht getroffen. Martin atmete durch und freute sich auf einen Abend ohne weitere Komplikationen.

2. AKT
Die junge Frau starrte ihn aus dem Kofferraum an. Holger legte ihre Handtasche neben die Leiche und einen Pullover über ihren Kopf. Dann überlegte er, ob er den Klappspaten schon herausnehmen sollte. Aber das hatte Zeit, bis man am Baum war. Diesmal würde er tiefer graben. So tief, dass kein Hund je irgendetwas finden würde. Holger fragte sich nicht, warum er das Mädchen dort begraben wollte. Der alte Ahornbaum war für ihn der Ort für die Toten. Das war so. Da musste man nicht fragen, warum. Holger drückte auf einen Knopf, und der Kofferraumdeckel schloss sich mit leisem Summen. Der Föhn blies Holger ins Gesicht. Er sog die warme Luft tief ein und stieg wieder in den Wagen.
Die Benzinanzeige hatte schon die ganze Zeit rot aufgeleuchtet. Als Holger den Wagen startete, fiel sie ihm wieder auf, und er kam zu dem Schluss, es sei nicht gut, wenn der Wagen unterwegs stehen blieb. Der Reservekanister lag im Kofferraum hinter der Leiche. Es bereitete Holger einige Mühe, ihn hervorzuziehen, zumal er die Tote nicht ansehen mochte. Während das Benzin langsam aus dem Kanister in den Tank lief, lauschte Holger in die stürmische Nacht. Auf das Rauschen der Bäume und den Klang einer Kirchturmglocke, den der Sturm von irgendwoher mit sich trug. Als der Wind drehte, hörte Holger plötzlich ein anderes Geräusch. Es klang wie das Schließen einer Autotür. Ganz nah schien es zu sein. Holger blickte auf.
Nur wenige Meter entfernt stand ein Streifenwagen, aus dem soeben zwei Polizisten ausgestiegen waren und jetzt auf Holger zukamen. Holger erschrak, ließ den Kanister fallen, eilte zum noch offen stehenden Kofferraum und drück-

te den Knopf, der den Deckel endlos langsam nach unten fahren ließ. Er schloss gerade noch rechtzeitig, sodass die beiden Polizisten keinen Blick mehr in das Innere des Kofferraums werfen konnten.

»Guten Abend«, sagte der ältere der beiden Polizisten. »Frohe Weihnachten erst amal. Ich bin Polizeiobermeister Leonhart Kreuthner. Das ist mein Kollege Polizeimeister Schartauer.«

»Hallo. Frohe Weihnachten.« Holger lachte hektisch. »Ah je! Sie müssen arbeiten an Weihnachten?«

»Ja, diesmal hat's uns erwischt. Kann man Ihnen helfen?«

»Wie? Nein. Ich hab grad ein bisschen Benzin nachgefüllt. Kein Problem.«

Kreuthner musterte Holger. Seine billige Jacke, das unrasierte Gesicht, die fettigen Haare – all das passte nicht zu dem Wagen. »Kennen wir uns?«, fragte Kreuthner. »Sie kommen mir irgendwie bekannt vor.«

»Nein. Nicht dass ich wüsste.« Doch auch Holger erinnerte sich jetzt an den Polizisten. Kreuthner hatte ihn vor neun Jahren verhaftet. Er sah Holger eine Weile an und sagte nichts. »Ja dann, schöne Weihnachten noch«, sagte Holger und stieg in den Wagen.

»Zeigen S' uns doch mal Ihre Papiere.« Kreuthner trat einen Schritt zurück, um einen Sicherheitsabstand zwischen sich und Holger zu bringen, und wies Schartauer mit einer Kopfbewegung an, sich so zu stellen, dass er eingreifen konnte, wenn es erforderlich werden sollte. Holger fand die Fahrzeugpapiere unter der Sonnenblende und reichte sie Kreuthner zusammen mit dem Führerschein. Der Polizist warf einen Blick in die Papiere.

»Sie sind nicht der Halter des Wagens?«

»Nein. Der gehört meinem Bruder.«

Kreuthner gab die Papiere an Schartauer weiter, der zum Streifenwagen ging.

»Kann ich mal den Verbandskasten und das Warndreieck sehen?«

Holger überlegte fieberhaft, was er tun konnte, aber es fiel ihm nichts ein. Und so tat er gar nichts.

»Was ist?« fragte Kreuthner.

»Ich … ich weiß nicht, wo die Sachen sind. Ich fahr den Wagen das erste Mal.«

»Im Kofferraum vielleicht?«

Holger sah Kreuthner mit offenem Mund und immer noch ratlos an. »Im Kofferraum. Na klar.«

Kreuthner deutete auf einen Knopf, auf dem ein Auto mit offenem Kofferraum abgebildet war. Holger trat der Schweiß auf die Stirn, als er den Knopf betätigte. Der Polizist ging ans Wagenende, wo sich der Kofferraumdeckel mit sonorem Summen öffnete …

Morgen geht es weiter

Hier aufschlitzen

18. Dezember

Kreuthner hielt seine Dienstpistole auf Holger gerichtet. »Steigen Sie aus dem Wagen. Hände aufs Autodach.« Kreuthner trat hinter Holger. Schartauer, der im Streifenwagen saß, bemerkte jetzt, dass etwas passiert war. »Beni! Komm her.«

Schartauer ging unsicher und irritiert zurück zum BMW. Kreuthner wies mit dem Kopf auf den offenen Kofferraum. Schartauer wurde bleich, als er die Leiche sah.

»Schau nach, wer das ist. Da liegt a Handtasch'n.«

Zögernd beugte sich Schartauer in den Kofferraum. Als er wieder auftauchte, hatte er die Handtasche in der Hand und suchte darin nach Papieren. Schließlich förderte er einen Personalausweis zutage und zeigte ihn Kreuthner. »Scheiß, verdammter. Das gibt's doch net«, murmelte Kreuthner, als er den Namen auf dem Ausweis las.

»Wieso is des jetzt schlecht, dass *sie* die Leiche is?«, wollte Schartauer wissen.

Kreuthner ging mit Schartauer ein paar Schritte zur Seite, sodass sie Holger noch im Blick hatten, er sie aber nicht mehr gut hören konnte. »Die war vorgestern auf'm Revier«, sagte Kreuthner leise.

»Aha?«

»Die hat ihren Chef angezeigt. Der is Geschäftsführer von irgendeinem Hotel in Egern.«

»Und wegen was hat sie ihn angezeigt?«

»Sie hat behauptet …« Kreuthner stockte und sah unwillkürlich zum Kofferraum des Wagens. »Sie hat behauptet, er will sie umbringen.«

Schartauer musste tief durchatmen. »Ja und?«

»Ich hab natürlich gedacht, die spinnt.« Kreuthner wies auf den Kofferraum. »Wer rechnet denn mit so was!« Er drückte Schartauer die Dienstwaffe in die Hand und trat auf Holger zu.

»Sie sind Hotelgeschäftsführer?«

»Ich? Nein, ich bin arbeitslos. Mein Bruder ist Hotelgeschäftsführer.«

Kreuthner betrachtete Holger eingehend und versuchte, sich zu erinnern, wo er den Mann schon mal gesehen hatte.

»Sie fahren den Wagen heute das erste Mal?«

»Das ist richtig.«

»Ihr Bruder hat Ihnen den Wagen einfach so gegeben?«

»Na ja«, Holger wurde etwas verlegen. »Ich sag mal so: Ich weiß, wo der Schlüssel ist.«

»Das heißt, Sie haben sich den Wagen einfach genommen?«

»Ja schon. Aber ich hab inzwischen mit meinem Bruder telefoniert. Er sagt, das ist okay.«

Die Polizisten tauschten einen bedeutungsvollen Blick.

»Ist irgendwas mit dem Warndreieck?«, fragte Holger, der spürte, dass sich die Dinge in eine für ihn günstige Richtung entwickelten, und dieser Entwicklung durch ein hohes Maß an Harmlosigkeit auf die Sprünge helfen wollte.

»Wo ist Ihr Bruder im Augenblick?«

»Im Hotel. Er wartet, dass ich ihm den Wagen bringe.«

Kreuthner trat an Schartauer heran und flüsterte: »Wir brauchen sofort einen Haftbefehl für den Bruder.« Schartauer nickte, gab Kreuthner die Dienstwaffe zurück und entfernte sich in Richtung Streifenwagen.

»Sie können die Hände vom Dach nehmen«, sagte Kreuthner und wies Holger mit einer Geste an, zum Kofferraum zu gehen. Dort angelangt, schreckte Holger beim Anblick der

Leiche mit großer Geste zurück und rief aus: »Oh, Scheiße! Wer ist das denn?«

Kreuthner stellte sich neben Holger und betrachtete die Leiche der blonden jungen Frau. »Eine Angestellte von Ihrem Bruder. Die hat gestern Anzeige gegen ihn erstattet.« Er nahm Holger am Arm zur Seite. »Ich fürchte, Ihr Bruder steckt in Schwierigkeiten.«

Holger schüttelte ungläubig den Kopf, holte hektisch eine Zigarettenschachtel aus der Jacke, steckte sich eine Zigarette in den Mund und entzündete mit zitternden Händen ein Streichholz.

»Ich glaub, ich brauch auch eine«, sagte Kreuthner.

Holger gab ihm die Zigaretten und die Streichholzschachtel. »Ist das sicher, dass das mein Bruder war?«

»Sicher is gar nix. Aber das werma schon rausfinden. So wie die Leiche ausschaut, ist die voll mit DNA-Spuren. Wer immer das war, wir kriegen den Täter.«

»Aha«, sagte Holger, und Besorgnis huschte über sein Gesicht.

Nachdem Kreuthner seine Zigarette angezündet hatte, warf er das brennende Streichholz auf den Boden, was unter normalen Umständen zu nichts weiter geführt hätte. Die Brandgefahr war im Winter gering. Was Kreuthner nicht wusste: Als Holger den Reservekanister hatte fallen lassen, war noch Benzin darin gewesen. Dieses Benzin war über die letzten Minuten hinweg ausgelaufen und hatte am hinteren Teil des BMW kleine Rinnsale gebildet. Neben einem solchen Rinnsal landete Kreuthners noch brennendes Streichholz. Die Benzindämpfe entzündeten sich, und in Sekundenschnelle lief das Feuer den kleinen Strom entlang unter dem Wagenboden hindurch auf die andere Seite und kletterte an Benzinresten, die am Autolack hafteten, zum noch offenen Benzintank hinauf. Obwohl sich Kreuthner und Holger schon um einiges vom Wagen entfernt hatten, wurden sie von der Explosion auf die andere Straßenseite geschleudert, wo sie in einem großen Schneehaufen landeten und bis auf leichte Verbrennungen unverletzt blieben.

Epilog

Der Wagen mit der Leiche brannte infolge der Explosion vollständig aus. DNA-Spuren konnten daher nicht mehr gesichert werden. Dennoch wurde der Hotelgeschäftsführer Martin Wenger noch in der gleichen Nacht verhaftet. Im Keller seines Hauses fand man die Leichen von vier weiteren jungen Frauen, die in den letzten Jahren auf ungeklärte Weise verschwunden waren. Martin Wenger wurde wegen fünffachen Mordes zu lebenslanger Haft verurteilt. Sein Bruder Holger Wenger lebt heute als Barkeeper in München und hat seine unglaubliche Geschichte an einen Verlag verkauft.

Ende

Hier aufschlitzen

19. Dezember

TATJANA KRUSE

Weihnachtswünsche werden wahr!

Schwäbisch Hall

»Hände hoch und keine Bewegung!«
Man denkt ja schon hin und wieder, wenn man so in einer Bank in der Schlange vor dem Schalter steht und nichts weiter zu tun hat, als eben anzustehen und zu warten, also dann denkt man, was wäre, wenn jetzt ein Banküberfall stattfände? Aber wer rechnet schon damit, tatsächlich in einen Banküberfall zu geraten? Niemand!
Und wenn doch, dann sicher nicht in der Genossenschaftsbank Rosengarten-Uttenhofen. Und noch viel sicherer nicht in einen Banküberfall, den der Weihnachtsmann mit seinem Weihnachtselfen durchführt. Und zwar knallhart, wenn ich das sagen darf.
»Auf den Boden und keine Bewegung! Wer auch nur mit dem Augenlid zuckt, wird erschossen, klar?«
Klar.
Oma Röttke und Filialleiter Böcking und ich – hier in Rosengarten-Uttenhofen kennt man sich noch mit Namen – lassen uns in einer mehr oder weniger fließenden Bewegung zu Boden gleiten. Wie beim Synchronschwimmen, nur ohne Wasser. Wobei ich einen Tick schneller bin als die anderen. Kein Wunder, die Röttke ist uralt und der Böcking adipös.
»Und keinen Mucks. Ich will, dass hier absolute Stille herrscht, verstanden?«, ruft der schmächtig gebaute Elf mit einer vom Rauchen krächzigen Fistelstimme.
Oma Röttke, Böcking und ich haben ihn verstanden, George Michael aber nicht, der schmettert weiterhin *Last Christmas I gave you my heart* aus der Box über dem Kassenschalter. Als er gleich darauf zu *the very next day you gave it away* kommt, ballert der Elf die Box von der Wand. Na ja, er ballert daneben, George trällert weiter, aber dann schlägt der Elf mit dem Lauf seiner Knarre fest gegen die Box, die aus der Halterung fliegt und beim Aufprall auf dem Boden freiwillig in Klein- und Kleinstteile zerbirst.
Kurzes elektrisches Knistern.
Stille.
Diese Art von Gewalttätigkeit kennt man eigentlich nur aus Amerika. Bei uns in der süddeutschen Provinz ist das unerhört. Hierzulande sollte der Weihnachtsmann eigentlich auch mit dem Christkind unterwegs sein, nicht mit einem grünwamsigen, rotbestrumpften Zipfelmützenelfen mit Nikotinflecken an den Fingern und Mordlust in den tückischen Elfenaugen.
»Wenn ich euch auch nur atmen höre, knall ich euch ab!«, droht der Elf.
»Äh …«, meldet sich Filialleiter Böcking aus der Tiefergelegten.
Mutig, der Mann.
Der Elf hält ihm die Waffe an den Kopf. Jetzt kenne ich mich mit Waffen nicht wirklich gut aus, aber die hier hat ja schon bewiesen, dass sie mächtig Wumms hat. Werde ich mir gleich die Überreste von Böckings Schädel aus den frisch getönten Haaren zupfen müssen?

»Was hab ich gerade gesagt?«, kreischt der Elf.

Böcking verstummt.

Ich bin mir ziemlich sicher, dass er sagen wollte, dass heute Dienstag ist und dass sich dienstags so gut wie kein Geld in der Bank befindet. Es ist ja ohnehin nie viel Bargeld da, aber dienstags eben nicht mal die Marktgelder der Bauern und zu dieser Uhrzeit auch noch nicht die mageren Tageseinnahmen der insgesamt drei Läden in unserem Dorf – Bäckerei Hauff, der Tante-Emma-Laden von Ehepaar Holtkötter sowie *Blumen und mehr* der Schwestern Stadlmayr. Kurzum, kein Geld. Es gibt auch keine Schließfächer. In der Filiale der Genossenschaftsbank Rosengarten-Uttenhofen ist das Wertvollste an diesem Morgen die vergoldete Uhr des Filialleiters.

Der Weihnachtsmann, ein feister Geselle in traditionellem Rot, der über seinen extrem bauschigen, falschen Rauschebart hinweg vermutlich kaum etwas sehen kann, verriegelt die Tür. Dann geht er zum Fenster, öffnet es, brüllt »Obacht!«, hebt seine Waffe und feuert wie wild aus dem Maschinengewehr ins Freie. Es rattert und knattert wie in einem Kriegsfilm von Steven Spielberg.

Geschrei, Autohupen, das knirschende Geräusch von Metall auf Metall, noch mehr Geschrei. Diverse Alarmanlagen gehen los.

»Oh weh, oh weh«, jammert Oma Röttke.

Böcking bekommt Schluckauf.

»Ruhe!«, kreischt der Elf.

Ich mache mir nicht wirklich Sorgen um die da draußen – ich war ja gerade eben selbst noch eine von denen, und auf der Straße hatte ich außer dem herumlungernden Weihnachtsmann mit seinem Elfen und dem alten Bode vom Bode-Hof, der gerade in seinen Ford Fiesta mit Wackeldackel im Fond steigen wollte, niemand gesehen.

Um den alten Bode ist's nicht schade, der ist a) echt schon uralt und hat b) letzte Woche bei der Abstimmung über die Westumgehung als Einziger mit *Nein* gestimmt. Der betreibt auch noch heimlich Käfighaltung.

Und sollte ein zufällig durch Rosengarten-Uttenhofen fahrender Fremder seinen Wagen im Kugelhagel zu Schrott gefahren haben, dann wäre das doch ein wunderbares Argument *für* die Umgehungsstraße, oder nicht?

Jedenfalls liegen Oma Röttke, Böcking und ich nach der Maschinengewehrsalve wie tot auf dem Boden – wir rühren uns nicht, wir atmen nicht, und dass wir noch leben, erkennt man allenfalls am sich ausbreitenden Angstschweiß in den Achselhöhlen.

»Banküberfall«, brüllt der Weihnachtsmann aus dem Fenster. Und für den Fall, dass es jemand nicht verstanden haben könnte, wiederholt er: »Banküberfall!«

Ich wundere mich über diesen Hang zur Publicity, der muss doch eher auf Privatsphäre bedacht sein, denke ich, sage es aber nicht, sondern komme zu dem Schluss, dass sich die Zeiten eben geändert haben. Womöglich postet er den Überfall gleich als Status-Update bei Facebook und Twitter. Mit Foto.

»Du da«, fistelt der Elf und tritt Herrn Böcking mit dem bestrumpften Fuß heftig in die Leibesmitte. »Mach den Tresor auf.«

Ein bösartiges Kerlchen.

Gott sei Dank ist Böckings Leibesmitte enorm umfangreich, und empfindliche Teile scheinen durch den Tritt nicht beschädigt worden zu sein.

Böcking erhebt sich schnaufend und klopft sich den Staub vom anthrazitgrauen *Modehaus Röther*-Anzug.

Ja, das fällt mir jetzt im Liegen auch sehr deutlich auf. Es hat Staubmäuse in der Filiale. Wer putzt hier eigentlich? Wird hier überhaupt geputzt? Fange ich mir möglicherweise eklige Bakterien ein, wenn ich hier so liege? Ich atme flacher.

In Höhe des weihnachtlich geschmückten Gummibaums zwischen Kassentheke und Tresorraum bleibt Böcking stehen.

Er zögert.

Will er jetzt etwa den Helden spielen? Ich nicke ihm auffordernd zu. Da knallt schon wieder ein Schuss. Der Abzugfinger des Elfen sitzt extrem locker.

»Oh, Gott!«, entfährt es Oma Röttke.

»Ruhe!«, brüllt der Elf.

Ich linse zu meinen Mitgefangenen, aber niemand scheint verletzt.

Nur Böcking hat sich die Hose eingenässt. Diskret wende ich meinen Blick wieder hinunter zum Staubmausrudel.

»Ich sagte, mach mir den Tresor auf.« Der Elf versetzt Böcking einen Tritt.

Draußen hört man Polizeisirenen.

»Ogottogott«, jammert Oma Röttke leise. Die Frau weiß, dass wir zu Geiseln werden, sollten die Bullen eintreffen, bevor die Bankräuber verschwinden konnten. Und Geiseln erleiden mehrheitlich immer dasselbe Schicksal: Sie enden als blutige Fleischhaufen.

Komisch, dass man sich als alter Mensch noch so ans Leben klammert. Ist der Lack erst mal ab, ist doch das Beste vorbei. Wenn hier einer Grund zur Sorge hat, dann doch wohl ich. Die Röttke muss weit über achtzig sein, ich dagegen hatte mir noch ein bisschen Spaß erhofft.

Der Moment, in dem der Elf Böcking aus dem Tresorraum schubst und dem Weihnachtsmann »He, da waren satte fünfhundert Schleifen drin« zuruft, ist zufällig auch der Moment, in dem zwei Streifenwagen mit quietschenden Reifen vor der Filiale zum Stehen kommen.

Das kann ich natürlich nicht sehen, das entnehme ich dem Liveticker aus dem Mund des Weihnachtsmannes.

»Schau her, gleich mit zwei Bullenschaukeln. Hui, die Waffen im Anschlag. Ah, da kommen sogar noch mehr. Das nenne ich Entertainment!« Er zieht sich vom Fenster zurück. Erst ruft er aber noch: »Keinen Schritt näher, sonst knallen wir die Geiseln ab.«

Der Elf tritt Böcking in die Kniekehlen, der daraufhin zu Boden geht.

So, wie er zum Liegen kommt, befindet sich mein Kopf in Höhe seiner Lenden, und ich weiß nicht, ob ich es schon erwähnt habe, aber seine Lenden riechen nach Urin. Möglichst unauffällig versuche ich, von ihm wegzurobben.

Da klingelt das Telefon.

Das kennt man nun ja zur Genüge: Die Polizei ruft an, um zu verhandeln. Und um Zeit zu schinden, bis ein Sondereinsatzkommando die Filiale stürmt. Wie damals die GSG 9 in Mogadischu die *Landshut* stürmte. Seinerzeit hatte es kurz zuvor Kapitän Schumann erwischt. Würde diesmal Böcking dran glauben müssen? Ich sag's nicht gern, aber besser er als ich.

Weil der Weihnachtsmann und der Elf dadurch abgelenkt sind, merken sie nicht, wie ich millimeterweise immer näher an die Kaffeeecke heranrobbe.

»Die Show geht los«, sagt der Elf.
»Bitte alles anschnallen«, sagt der Weihnachtsmann.
Die beiden kichern.
Der Elf nimmt den Hörer ab. »Wer da?«, fragt er lästerlich.
Der Weihnachtsmann und er kichern noch etwas mehr.
Dann vergeht dem Elfen das Kichern. »Der kann jetzt nicht!«, bellt er und knallt den Hörer auf die Gabel. »Blöde Schnepfe«, schimpft er. Und »Das war Ihre Frau, ob Sie heute Abend pünktlich zum Essen kommen? Wohl eher nicht!«, sagt er zu Böcking. Und rammt ihm erneut den Elfenschuh in die Seite. Völlig unnötig, aber der Elf muss seinen Frust wegtreten.
Der Weihnachtsmann zieht eine Schachtel Zigaretten aus seinem Sack und zündet sich eine Fluppe an.
Böckings Lippen bewegen sich. Bestimmt will er »Rauchen ist hier nicht erlaubt« sagen, aber er sagt es lautlos. Ist auch besser für ihn.
Da klingelt das Telefon erneut.
»Was ist?«, brüllt der Elf in den Hörer.
Diesmal scheint es die Polizei zu sein. Der Elf zwinkert dem Weihnachtsmann zu.
Das Verhandeln geht los.
Ich robbe derweil immer weiter in Richtung Kaffeeecke. Nein, ich schlängele mich mehr, als dass ich robbe.
Böcking und die Röttke haben mit dem Leben offenbar abgeschlossen – er hat die Augen verdreht, als ob er gerade wieder in seine Anzughose strullert, sie starrt blinzellos zur gläsernen Eingangstür. Weil sie so überhaupt gar nicht blinzelt, gehe ich mal davon aus, dass sie einen Schlag erlitten hat und dem irdischen Jammertal entrissen ist.
Ich schlängelrobbe weiter.
Vorhin, kurz bevor der Weihnachtsmann und sein Elf angefangen haben, *Stirb langsam – Teil III* nachzuspielen, hat der Wasserkocher *pling* gemacht …
»Wir wollen einen Hubschrauber«, verlangt der Elf. Nach kurzem Schweigen nölt er: »Ist mir doch egal, ob der hier nicht gut landen kann. Hubschrauber oder die erste Geisel stirbt!«
Er knallt den Hörer auf die Gabel.
»Du hättest ihm eine Uhrzeit nennen sollen, bis wann wir den Hubschrauber wollen«, kritisiert der Weihnachtsmann.
Nicht jeder kommt mit unverlangt vorgebrachter Kritik gut zurecht.
»Ach, halt doch die Klappe«, mosert folglich der Elf und feuert eine Runde aus seiner Knarre ab. Ich erwarte, dass mir der Putz wie Schnee von oben in den Nacken rieselt, aber nichts. Zumindest ist Oma Röttke vor Schreck zusammengefahren. Sie lebt also noch.
Ich habe es in der Zwischenzeit geschafft und liege in der Kaffeeecke. Das war nicht wirklich eine Leistung, denn wir sprechen hier von der Filiale der Genossenschaftsbank in Rosengarten-Uttenhofen, und deren räumliche Ausmaße sind, sagen wir mal, überschaubar. Im Grunde ist sie mit uns fünf schon überfüllt.
Das Telefon klingelt erneut.
Der Elf reißt das Kabel aus der Wand und schleudert das Telefon mit Schmackes – zack! – durch die geschlossene Fensterscheibe.
»Hubschrauber her oder die erste Geisel stirbt!«, schreit er und duckt sich, falls die da draußen das Feuer eröffnen.

Was sie aber nicht tun.
Weil er nun aber so geduckt kauert, merkt er, dass die weihnachtskrippentypische Dreierformation – Jesuskind, Maria und Josef beziehungsweise Ochse, Esel und Schaf oder in unserem Fall Böcking, Röttke und ich – sich auseinanderdividiert hat. Mittig im Raum liegen nur noch der Filialleiter und die greise Kundin, und das junge Ding, will heißen: ich, befindet sich plötzlich in der Ecke neben der Tür.
Der Elf springt auf.
Er denkt wohl, ich will mich durch die Tür verabschieden. Aber da hat er falsch gedacht. Die Tür ist ja abgeschlossen, da komme ich nicht raus. Aber das Wasser im Wasserkocher ist siedend heiß.
Noch während sich der Elf aufrichtet und noch bevor er mit der Waffe auf mich zielen kann, bin ich schon auf Knien und habe die Kanne des Wasserkochers gepackt.
Ich rufe nicht erst lange »Waffe weg, sonst schütte ich«, nein, ich schütte vorwarnungslos.
In die Weichteile.
Der Elf schreit erbärmlich.
Es riecht verbrutzelt.
»Um Gottes willen, lassen Sie doch Gnade walten«, ruft ein Bulle von draußen.
Weil ich von Beruf Sportlehrerin bin, hechte ich mich aus der knienden Haltung nach vorn und entreiße dem jämmerlich kreischenden Elfen die Waffe und wirbele nur Sekundenbruchteile später zum Weihnachtsmann herum.
»Mach ihn alle«, feuert mich Oma Röttke an.
Böcking presst sich die Hände auf die Ohren.
Der Weihnachtsmann zögert.
Ich zögere nicht.
Ich drücke ab.
Und verschieße alles, was noch in der Knarre drin ist.
»Jaaaaa«, gelle ich dabei und gerate regelrecht in Blutrausch.
Und weil ich mich so in Ekstase gelle, finde ich es auch nur am Rande verwunderlich, dass der Weihnachtsmann nicht umfällt.
Da stürmt auch schon das Sondereinsatzkommando die Filiale.
Sehr schnuffige, durchtrainierte Jungs, wenn ich das so sagen darf. Ich freue mich, dass ich unter einem Mistelzweig stehe.

Platzpatronen.
Der Weihnachtsmann und sein Elf waren gewissermaßen unbewaffnet. Ihre Knarren sahen zwar verdammt lebensecht aus, waren es aber nicht.
Und warum nicht?
Die beiden waren nur die Ablenkung.
Während die Bullen die Bank stürmten – und mich übrigens für die Bankräuberin hielten, weil ich ja die Hand am Abzug hatte, und mich, bevor die Röttke und Filialleiter Böcking die Lage aufklären konnten, zu fünft unter dem Mistelzweig überwältigten, wobei ich mir zwei Rippen brach und mir diverse Blutergüsse und Prellungen einfing –, während dieses actiongeladenen Finales also wurde auf der anderen Straßenseite in aller Seelenruhe die Jugendstilvilla eines millionenschweren Konzernchefs leer geräumt, der dort seit einiger Zeit jedes Wochenende mit seiner Familie auf ländliche Idylle machte.
Wie sich später herausstellte, waren der Weihnachtsmann und der Elf, die beide ohnehin ausgedehnte Knastaufenthal-

te antreten mussten und nichts zu verlieren hatten, extra für diese kleine Ablenkungsshoweinlage angeheuert worden. Sie konnten nicht sagen, von wem. So was läuft ja heute alles online.

Und weil ja vermeintlich wild geschossen wurde, nahm es auch niemand ernst, dass diverse Autoalarmanlagen und eben auch die Alarmanlage der Villa losheulten. Da hatten eben Querschläger eingeschlagen, dachte man.

Böcking wurde von den Medien zum Helden stilisiert und durfte fortan die doppelt so große Genossenschaftsbankfiliale in Kupferzell-Rüblingen leiten.

Oma Röttke hatte dem Tod ins Auge gesehen und gemerkt, dass sie für einen Walzer mit dem Sensenmann noch lange nicht bereit war. Sie hob zum Ärger ihrer Erben ihre gesamten Ersparnisse ab und ging auf eine zwölfmonatige Kreuzschifffahrtweltreise.

Der Weihnachtsmann kam sofort und ohne Umwege in den Knast, der Elf kam erst mal ins Krankenhaus. Den hatte ich ordentlich verbrüht. Nachwuchs würde der so schnell nicht mehr zeugen können. Wäre aber ja ohnehin bestimmt krimineller Nachwuchs geworden, also ging der Welt nicht wirklich was verloren.

Der verbrühte Elf lag nur wenige Zimmer von mir und meinen gebrochenen Rippen entfernt. Allerdings polizeiüberwacht.

Im Gegensatz zu mir.

Auf mich achtete keiner mehr.

So war es ja auch geplant gewesen.

Von mir. Und meinem Verlobten Dennis.

Dennis räumte die – wie sich später herausstellte – finanziell sehr ergiebige Villa des Topmanagers leer, und ich orchestrierte derweil die Ablenkung in der Bankfiliale. Wir waren ein perfektes Team.

Und sind es noch.

Eine Weile werden wir uns noch bedeckt halten, dann eröffnen wir mit dem Geld auf Tahiti eine Strandbar. Oder einen Irish Pub auf Hawaii. Herrliche Aussichten!

Ach ja, Weihnachtswünsche werden wahr! Man muss nur daran glauben.

Und ein wenig nachhelfen …

Ende

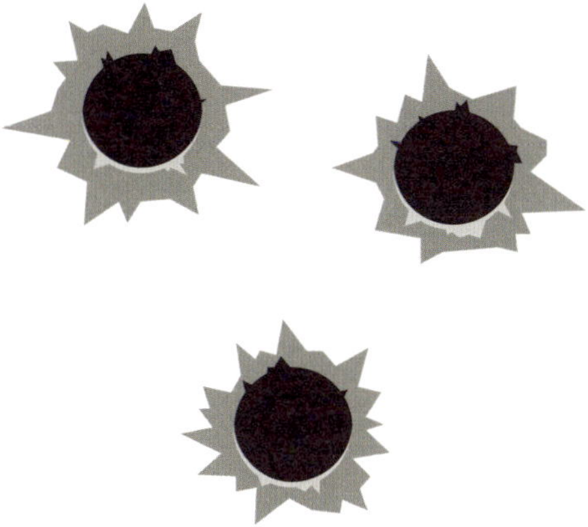

Hier aufschlitzen

20. Dezember

ROMY FÖLCK

Leise rieselt der Tod

Dresden

Gewaltig setzen die Orgelpfeifen ein. Ihr klerikaler Klang entfaltet sich in der Kirche bis hoch unter die steinerne Kuppel. Der gigantische Ton hält einen Moment an, schickt den Bass in die Reihen der Zuhörenden und verschwindet so plötzlich, wie er eingesetzt hat. Nur ein leichter Nachhall bleibt, bis auch dieser abebbt.

Kerzengerade sitzt sie auf der Holzbank hoch oben auf einer Empore der Dresdner Frauenkirche und blickt zum Altarraum hinab, der weihnachtlich geschmückt ist. Ein großer Weihnachtsbaum mit schimmernden Kugeln steht in der Mitte des Kirchenschiffs – Hunderte von brennenden Kerzen tauchen es in ein warmes Licht. Aber diese Pracht dringt nicht zu ihr durch. Ihr Blick ist starr, ihre schmalen Hände verkrampfen sich in ihrem Schoß, als wohne sie einer Hinrichtung bei, nicht einem weihnachtlichen Konzert. Ein weiterer, langsam anschwellender Ton der modernen Orgel erfüllt den Raum, und sie schließt ihre Augen fest zu, als könne sie so dem Geschehen entfliehen. Der Organist setzt aus, sie atmet tief durch. *Warum musste ich ausgerechnet an Weihnachten in die Kirche kommen? Warum gerade an Weihnachten?*

Wieder setzt die Orgel ein, schickt ihre eindringlichen Töne wie ein gewaltiges Gewitter über die vollen Ränge der Besucher, die dem Konzert gespannt lauschen. Sie spürt, wie ihre Hände zittern, und krampft sie nur noch mehr zusammen. Ein Bild schießt ihr plötzlich durch den Kopf. Sie versucht, es abzuwehren, aber ihre Sinne gehorchen ihr nicht.

Blut. Überall. Auf dem Boden, an den Wänden. Eine kleine weiße Hand greift nach ihr. Sie ist blutverschmiert. Die Finger der Hand zucken, flehen sie um Hilfe an …

Übelkeit steigt in ihr auf, sie hat das Gefühl, keine Luft mehr zu bekommen. Hektisch öffnet sie ihre Bluse ein Stück, reißt einen Knopf ab. Aber sie bemerkt es nicht. Ihr Atem geht stoßweise, während sie mit einer Hand ihr Dekolleté massiert.

Das Orgelstück brandet erneut auf. Die Töne steigen von den Orgelpfeifen auf und fallen wie ein Sturzregen von der Decke der Kirche herab. Sie hatte sich so auf das Konzert gefreut. Bachs *Toccata* und *Fuge in F-Dur.* Aber nun kann sie es nicht genießen. Innerhalb von Sekunden haben sich nasse Schweißflecken unter ihren Armen gebildet, während ihr Blick suchend den Gang entlanggleitet, von wo aus die Tür nach draußen führt. Zwischen ihr und dem Fluchtweg sitzen sechs anmutig lauschende Kirchenbesucher. *Beruhige dich,* denkt sie verzweifelt. *Konzentriere dich auf deinen Atem!* Doch sie schnappt nur noch mehr nach Luft. Sie weiß, dass sie kurz davor steht zu hyperventilieren. Sie versucht es mit der Atemtechnik, die ihr ihre Therapeutin in mehreren Sitzungen beigebracht hat. »Autogenes Training wird Ihnen helfen, Ihre Panikattacken in den Griff zu bekommen«, hatte die Ärztin versprochen. Doch es hilft ihr nicht. Sie bekommt keine Luft.

Kalter Schweiß steht ihr auf der Stirn, und rote Sterne beginnen vor ihren Augen zu tanzen. In diesem Moment weiß sie, dass sie den Kampf verloren hat. Mit letzter Kraft springt sie auf.

Entschuldigungen flüsternd drängt sie sich durch die Konzertbesucher dem Mittelgang entgegen. Dass sie böse Blicke und Beschimpfungen erntet, stört sie nicht. Sie hat das Gefühl, ohnmächtig zu werden, wenn sie nicht sofort die Kirche verlässt. Wenn sie noch länger der unbändigen Gewalt dieser Musik ausgesetzt bleibt. Ein letztes Aufbäumen der Orgel fegt über sie hinweg, als die schwere Holztür hinter ihr ins Schloss fällt.

Auf der Treppe vor der Kirche bleibt sie stehen und saugt die kalte Luft des Winterabends in sich auf. Kleine Schneeflocken tanzen in der Luft, von einem Glühweinstand auf dem Neumarkt weht der Klang eines Weihnachtsliedes herüber, vermischt sich mit der Orgelmusik, die dumpf aus der Frauenkirche dringt. Der süße Duft von gebrannten Mandeln steigt ihr in die Nase. Das Bild in ihrem Geist ist zurück, sie kann es auch hier draußen nicht abschütteln.

Blut. Überall. Unmengen von Blut. Eine kleine weiße Hand, die sie im letzten Aufbäumen des Lebens anfleht.

Sie würgt, drückt eine Hand vor den Mund, stolpert die Kirchentreppe hinab. An deren Fuß übergibt sie sich, hustet, würgt erneut. Menschen gehen an ihr vorbei, schütteln die Köpfe. »Wie kann man um diese Zeit schon so betrunken sein?«, hört sie jemanden sagen. Aber es ist ihr egal. Als es endlich vorbei ist, lehnt sie sich an die Sandsteinmauer der Frauenkirche. Ihr Körper schmerzt, sie fühlt sich ausgelaugt und leer.

Du bist so dumm gewesen hierherzukommen, flucht sie stumm und versucht, ihren Atem zu kontrollieren. *Es war doch klar, dass so etwas passiert. Leichtfertig bist du gewesen. Neugierig auf einen Unbekannten, der dir die Konzertkarte in den Briefkasten geworfen hat.*

Der Platz neben ihr war leer geblieben. Warum hatte er ihr die Konzertkarte geschenkt und war dann nicht gekommen?

Ich muss hier weg, denkt sie verzweifelt. Aber sie fühlt sich zu schwach, um zu gehen. Bis zum Parkplatz in der Schießgasse, auf dem ihr Wagen steht, sind es einige Hundert Meter. Sie hat das Gefühl, nicht einen Schritt zu schaffen.

»Anja?«, hört sie plötzlich ihren Namen.

Sie blickt auf, wischt sich verlegen den Mund ab. Ihr bester Freund steht vor ihr. Fast hätte sie ihn nicht erkannt unter dem dicken Wollschal. Seine Nase und die Pausbacken unter der Brille sind rot von der Kälte. »Anja, ist alles in Ordnung?« Die Sorge steht ihm ins Gesicht geschrieben. »Du siehst ja aus wie der Tod.«

Der Tod. Das Blut. Überall Blut.

»Henning!« Erleichtert fällt sie in seine Arme, ruht sich einen Moment bei ihm aus. »Was machst du denn hier?«

»Ich war auf dem Striezelmarkt.«

»Bitte, Henning, bring mich nach Hause.«

Ihr bester, ihr einziger Freund drückt ihr eine Tasse Kamillentee in die Hand. Auf der Couch hat sie sich die Decke bis unter das Kinn gezogen.

»Die alte Geschichte?«, fragt Henning vorsichtig.

»Ich dachte, ich bin darüber hinweg«, lügt sie ihn an. Sie weiß nicht einmal, warum sie das tut.

»Vor Monaten hast du deine Therapie abgebrochen. Du

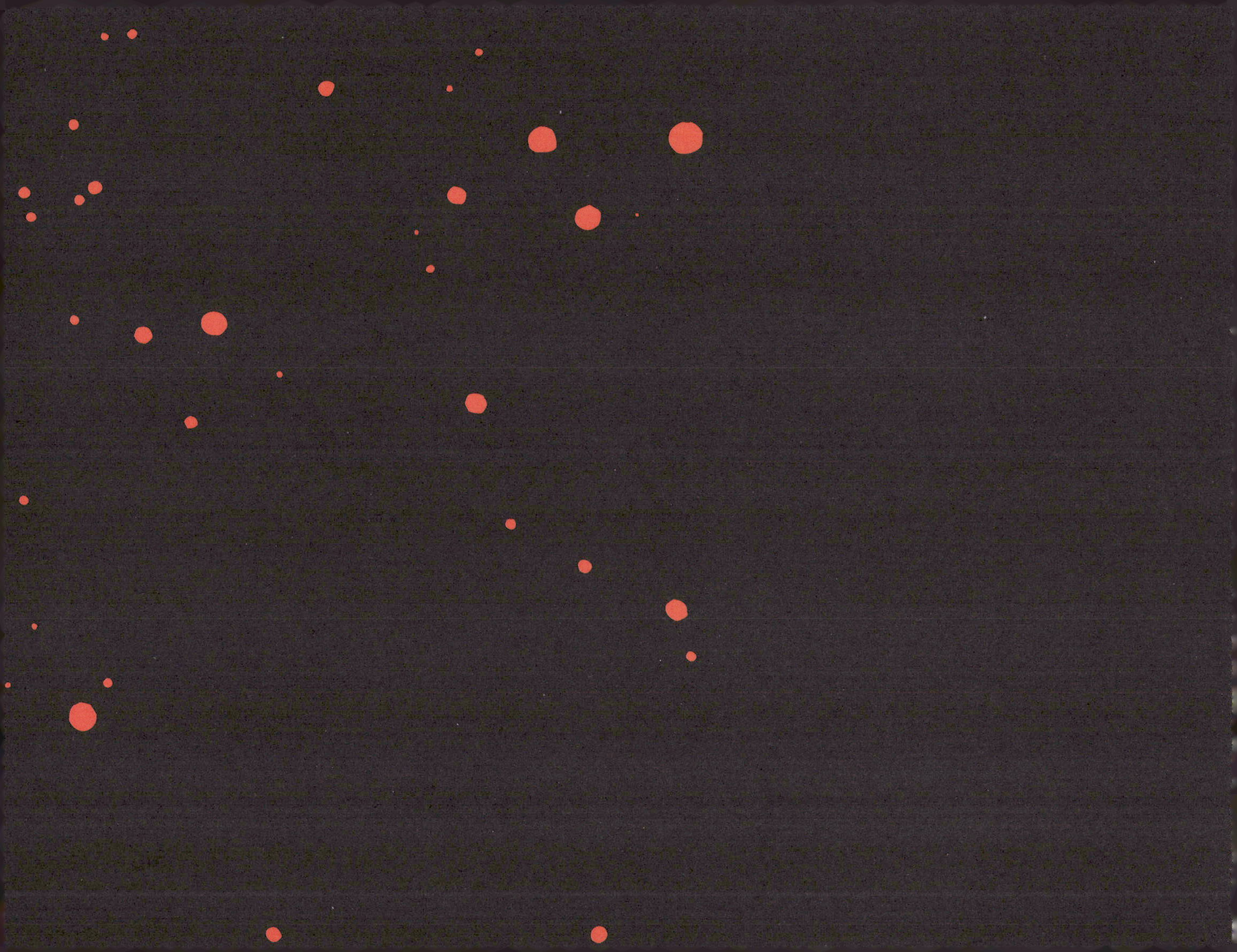

weißt selbst, dass das ein großer Fehler war. Du bist noch lange nicht so weit, es ohne therapeutische Hilfe zu schaffen.«
Die Tasse in ihrer Hand beginnt zu zittern. Hastig trinkt sie einen Schluck und verbrennt sich dabei die Zunge.
»Bitte, Anja, geh wieder hin!«
Sie schluckt. Ihre Zunge fühlt sich taub an. »Diese Frau hat keine Ahnung! Ihr Therapeutengeschwafel hilft mir nicht.«
»Aber du *musst* weitermachen«, ermahnt er sie und rückt ein Stück näher. Seine grauen Augen hinter den Brillengläsern sehen sie eindringlich an. »Du siehst doch, was heute passiert ist!«
»Ich war zu leichtfertig. Ich hätte nicht in die Kirche gehen sollen. Es kommt nicht wieder vor.« Dass sie die Konzertkarte gestern in ihrem Briefkasten gefunden hat, verschweigt sie ihm. Auch die rote Rose, die ein paar Tage vorher am Scheibenwischer ihres Wagens steckte. Sie hatte gehofft, ihren heimlichen Verehrer in der Kirche zu treffen. Jetzt ist es ihr peinlich, dass sie einem Fremden auf den Leim gegangen ist, der nicht einmal zum Konzert erschienen ist. Sie schämt sich für ihre Einsamkeit, für die Sehnsucht nach einem Partner, nach einem Mann an ihrer Seite, der nicht nur ein Freund ist wie der dicke Henning.
»Anja, du kannst Weihnachten nicht auf Ewigkeit aus deinem Leben verbannen! Nicht genug, dass du dich Heiligabend hier in deiner Wohnung einschließt, dass du keine meiner Einladungen an den Feiertagen annimmst. Du kannst dich nicht verstecken. Du *musst* dich endlich deinem Trauma stellen!«
»Mir geht es gut. Ich pfeife auf die Feiertage! Die gehen vorbei.«
»In der ganzen Stadt, im Supermarkt, im Radio, im Fernsehen – überall ist Weihnachten!«
»Dann gehe ich eben nicht mehr vor die Tür.« Ihr Tonfall wirkt trotzig, sie stellt die Teetasse geräuschvoll auf den Tisch. Ihr Freund schüttelt verzweifelt den Kopf. »So kannst du nicht weitermachen, Anja. Was wäre gewesen, wenn ich dich heute nicht gefunden hätte?«
Sie hat keine Antwort darauf. Allein hätte sie den Heimweg nicht geschafft, das weiß sie.
»Lass dir helfen, bitte!«, versucht er es noch einmal.
»Henning«, flüstert sie. »Du hast nicht erlebt, was ich erlebt habe. Sonst würdest du mich verstehen.«
Er schaut sie lange an, streicht sanft über ihre Wange. Ohne ein weiteres Wort steht er auf und verlässt ihre Wohnung.

Die Praxis hat sich kaum verändert. Sie hat das Gefühl, als wäre sie erst letzte Woche zur Tür hinausgegangen. Die Wände sind noch immer in einem hellen Pastellton gestrichen, impressionistische Drucke hängen an jeder Wand. Lediglich die Blumen wurden mittlerweile durch kitschigen Weihnachtsschmuck ersetzt. Sie versucht, die Kieferngestecke mit den kleinen roten Plastikkugeln zu ignorieren. Im Wartezimmer ist es drückend warm. Oder schwitzt sie vor Aufregung? Sie hat die letzten Nächte kaum geschlafen. Am Ende ihrer Kräfte hat sie heute Morgen in der Praxis ihrer Therapeutin angerufen. Zum Glück war gerade eine Patientin abgesprungen, sonst hätte sie erst im Februar einen Termin bekommen. Sie kann es noch immer nicht fassen. Es scheint der Wahnsinn dieser modernen Gesellschaft zu sein, in der Burn-out und Depressionen an der Tagesordnung stehen, sodass Hilfesuchende auf Termine bei Psychiatern und Psychologen inzwischen Wochen bis Monate warten müssen. Sie schüttelt unbewusst den Kopf. Bis dahin kann es für Depressive wie sie längst zu spät sein.

»Frau Walter?« Die Stimme der Ärztin reißt sie aus ihren Gedanken. Fahrig springt sie auf, ihre Tasche fällt auf den Boden. *Was mache ich hier,* fragt sie sich zum wiederholten Male. Schon die letzten Jahre bei allen möglichen Therapeuten hatten keine Verbesserung ihres Krankheitsbildes gebracht. Aber sie musste die Ärztin aufsuchen, sie braucht dringend Nachschub an Antidepressiva. Tabletten, die für Schlaf sorgen und für einen Schleier des Vergessens.

»Bitte setzen Sie sich.« Ihre Therapeutin lächelt einnehmend. Sie ist zierlich, mindestens einen Kopf kleiner als sie selbst. Dennoch wirkt sie kraftvoll und agil. Die Fältchen unter ihren Augen sind im letzten halben Jahr etwas tiefer geworden. Das Leid der Menschen, die tagtäglich ihre Hilfe suchen, geht offensichtlich auch an ihr nicht spurlos vorbei.

»Frau Walter, es ist gut, dass Sie wieder da sind.« Die Ärztin liest in der vor ihr liegenden Krankenakte. Sie ist dick und vollgeschrieben. Sie schaut zu ihrer Patientin auf. »Mir war klar, dass Sie spätestens an Weihnachten wieder bei mir sitzen.«

»Ich hatte wieder eine Panikattacke«, antwortet sie automatisch. »Vor zwei Tagen. Seitdem kann ich nicht mehr schlafen. Die Bilder verfolgen mich ständig.«

»Die Bilder von damals?«

Sie nickt, wischt sich nervös über die Stirn. »Bitte, verschreiben Sie mir meine Medikamente, damit ich endlich wieder schlafen kann.«

»Damit ist es nicht getan, das wissen Sie, oder?« Der Blick der Ärztin geht ihr durch und durch. »Wir müssen gemeinsam an Ihrem Trauma arbeiten. Eine posttraumatische Belastungsstörung wie die Ihre kann man nicht nur mit Antidepressiva behandeln. Da hilft vor allem darüber reden, reden, reden.«

»Was soll das denn bringen? Das macht sie auch nicht wieder lebendig!«

»Frau Walter, *Sie* sind nicht tot! Ihrer Familie kann ich nicht mehr helfen, Ihnen schon!«

Anjas Finger zittern, als sie sich eine Strähne aus dem Gesicht streicht. »Ich möchte einfach nicht mehr daran denken.«

»Ich weiß, dass Sie diese Tragödie gern vergessen möchten. Aber allein schaffen Sie das nicht. Bitte lassen Sie sich von mir helfen.«

In der Apotheke in der Nähe ihrer Wohnung holt sie sich die verschriebenen Medikamente. »Lassen Sie uns darüber reden, was damals passiert ist. Es wird Ihnen besser gehen, wenn Sie es jemandem erzählen«, hatte die Ärztin beim Abschied gesagt. Als ob man durch ein Gespräch alles wiedergutmachen könnte! Auf ihrem iPod hört sie ein Stück aus der *Tosca* von Puccini, während sie in der Schlange ansteht. Die Musik in ihren Kopfhörern ist ihr Schutzwall. Zumindest akustisch ist sie vor Weihnachten abgeschirmt. Kein *Last Christmas,* welches in den Läden und im Radio hoch und runter gespielt wird. Die grelle, überladene Scheinheiligkeit dieses Festes widert sie an. Jedes Jahr versucht sie sich erneut vor der Reizüberflutung des Advents zu schützen. Aber jedes

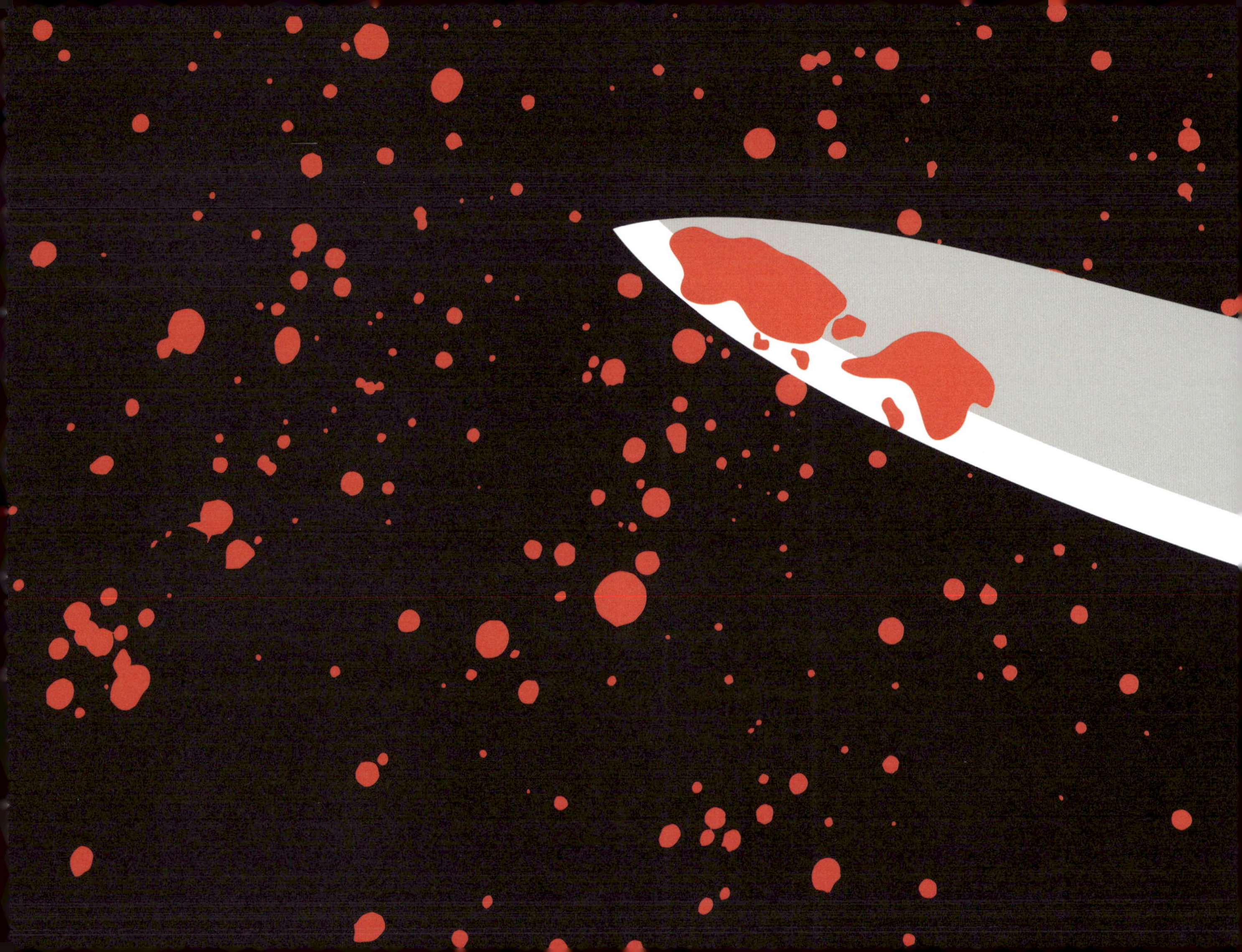

Jahr scheint es noch mehr Weihnachtsschmuck, mehr Verkaufsstände auf dem Striezelmarkt und mehr Weihnachtsliederbeschallung zu geben als im Jahr davor.

Als sie zu ihrem Wagen kommt, bleibt sie überrascht stehen. Dieses Mal ist es eine weiße Rose, die am Scheibenwischer steckt. Ein Briefumschlag ist daran befestigt. Ihre Hände zittern, als sie die schöne runde Handschrift liest.

Anja, ich war in der Kirche ganz nah bei dir. Ich möchte dich gern wiedersehen.

Ihr Verehrer war da? Er war im Weihnachtskonzert, als sie ihre Panikattacke hatte? Sofort schämt sie sich. Sie möchte nicht, dass er sie so hilflos, so verstört erlebt. Dieser Unbekannte, der ihr seit wenigen Wochen immer wieder kleine Nettigkeiten und Briefchen schickt, ist ihr Lichtblick. Seit es ihn in ihrem Leben gibt, hat sie morgens endlich wieder einen Grund, sich auf den Tag zu freuen. Endlich gibt es seit der Tragödie, die ihr ganzes Leben von einem auf den anderen Tag veränderte, ein bisschen Hoffnung auf Glück.

Zwanzig Jahre ist es her, dass ihr alkoholisierter Vater in der Weihnachtsnacht erst ihre Mutter, dann ihren kleinen Bruder und anschließend sich selbst mit einem Messer tötete. Seitdem sehnt sie sich nach nichts so sehr wie nach Zuneigung und Wärme. Als Heimkind ist sie groß geworden, einsam, abgeschrieben, ohne Zukunft, ohne Perspektive. Alleingelassen in einer Welt, die sie ablehnte. Keine Pflegefamilie wollte das traumatisierte Mädchen haben, das erst nach drei Jahren mühsam seine Sprache wiederfand. Nie hatte sie mit jemandem über Einzelheiten jener Weihnachtsnacht gesprochen, in der man sie als Achtjährige völlig verstört aus dem Bettkasten zog, vor dem ihr toter Bruder in seiner Blutlache lag – die kleine Hand hilfesuchend nach seiner Schwester ausgestreckt. Kein Therapeut hatte je ihr Vertrauen gewonnen, hatte erfahren, was der Auslöser für diese Familientragödie gewesen war. Die Schuldgefühle, dass sie sich versteckt, dass sie ihren vierjährigen Bruder nicht vor dem Amok laufenden Vater beschützt hatte, waren zu groß gewesen, als dass sie sich noch einmal mit den Geschehnissen dieser Nacht befassen wollte. Nur der treue dickleibige Henning aus dem Heim war ein Stück zu ihr durchgedrungen und war ihr Freund geworden. Er, der mit zwölf Jahren seine Eltern bei einem Brand verloren hatte, schien ihren tiefen Schmerz zu verstehen.

Sie will den Brief des Unbekannten schon in den Umschlag zurückstecken, als sie die Eintrittskarte bemerkt. Dieses Mal ist es *Schwanensee.*

Ich erwarte dich vor dem Haupteingang der Semperoper, hat er auf die Rückseite geschrieben. *Tschaikowskys Schwanensee,* denkt sie. Eines der schönsten Ballette der Welt. Der einfühlsam getanzte Traum von der ewigen Liebe, die sanfte Anmut der stolzen weißen Geschöpfe, die sich als eines der wenigen Lebewesen dieser Welt ein Leben lang treu sind. Sie drückt die Rose an sich. Er wird dort sein. Sie spürt es.

Sie erwacht in völliger Dunkelheit. Nur mühsam kommt sie zu sich, ihr Kopf hämmert unbarmherzig. Sie hört ein Stöhnen und lauscht, bis ihr bewusst wird, dass es ihr eigenes Stöhnen war. Es ist eisig kalt. Abgestandene Luft umgibt sie, es riecht nach Nässe und Fäulnis. Sie liegt auf hartem, blankem Boden. Mühsam versucht sie, sich aufzurichten, aber ihre Glieder gehorchen ihr nicht. Sie kann sich nicht bewegen. *Bin ich gelähmt?* Panik steigt in ihr auf. *Wo bin ich? Was ist passiert?*

Sie versucht, sich an die Zeit vor ihrem Blackout zu erinnern, denkt an die strahlend erleuchtete Semperoper, auf deren Vorplatz sich elegant gekleidete Menschen unterhielten, an die wirbelnden Schneeflocken im Schein der Gaslaternen, an das Lachen der Besucher. Ganz allein hatte sie dort gestanden und auf ihn gewartet, aufgeregt und mit klopfendem Herzen. Zuerst hatte sie nach dem Vorfall in der Frauenkirche befürchtet, nicht die Kraft zu finden, das Ballett zu besuchen. Aber die Tabletten hatten ihr bald diese Sorge genommen. Sie hatte ihr bestes Kleid angezogen, ihren langen schwarzen Mantel, hatte Lippenstift und Rouge aufgelegt und war zu ihrer Verabredung gefahren.

Wieder hatte sie vergeblich auf ihn gewartet, hatte zitternd im Schneegestöber gestanden, bis alle Gäste in der Oper verschwunden, bis die Stufen vor dem Eingang leer gewesen waren. Erst als der erste Akt längst begonnen hatte, war sie weinend zurück zur Tiefgarage gelaufen, die Konzertkarte zerknüllt in ihrer Hand. Sie erinnert sich an die weiße Schwanenfeder, die an ihrem Scheibenwischer gesteckt hatte. Sie weiß noch, dass sie nach ihr greifen wollte. Danach weiß sie nichts mehr.

Ein Lichtdreieck schiebt sich in den Raum, in dem sie liegt. Eine dunkle Gestalt steht im Türrahmen. Schemenhaft, stumm, abwartend. Leise Weihnachtsmusik dringt hinter der Gestalt durch die Tür. Der Tannennadelgeruch von Räucherkerzchen überlagert den muffigen Gestank der Fäulnis. Sie spürt die Gefahr, die von dieser Gestalt ausgeht. Sie muss fort! Erneut versucht sie, sich zu bewegen. Ihre Gliedmaßen gehorchen ihr nicht. In diesem Moment wird ihr klar, dass sie gefesselt ist.

Die Gestalt tritt näher. »Schön, dass du endlich wach bist.«

Der Schreck ist gewaltig. *Henning?*

Er spricht unablässig weiter. »Heute feiern wir den Heiligen Abend zusammen. Nur wir zwei. Weißt du, wo du bist?« Er kichert. »Entschuldige, es ist ja viel zu dunkel.« Henning geht zur Tür hinaus und kommt mit einer flackernden Kerze zurück. »Wir haben leider keinen Strom, aber so müsste es gehen. Sieh dich um! Erkennst du dieses Zimmer?«

Ein Blick genügt, und die Hölle bricht über sie ein.

Blut über Blut. Auf dem Boden, an den Wänden. Die kleine Hand ihres Bruders, der um Hilfe fleht.

Ihr Atem sackt ab. Kalte Angst kriecht ihr den Rücken hinauf. Sie hat das Gefühl, gleich den Verstand zu verlieren. Hier ist es passiert! Er hat sie in ihr altes Kinderzimmer gebracht. In das Zimmer, in dem vor zwanzig Jahren ihr Bruder vor ihren Augen verblutete. Die Tapete hängt abgefetzt an den Wänden. Das Linoleum ist teilweise herausgerissen. Aufgequollene Holzdielen kommen darunter zum Vorschein. Das alte Kinderbett ihres Bruders ist das einzig verbliebene Möbelstück im Raum. Alles wirkt trist und verlassen. Tot.

»Hier ist er gestorben, nicht wahr?« Er dreht sich um seine eigene Achse, atmet tief ein. »Es riecht nach Blut und nach Tod!« Er geht in die Knie und zeigt auf die dunklen Flecken am Boden. »Man sieht im Holz noch die Blutflecken deines Bruders …

Morgen geht es weiter

Hier aufschlitzen

21. Dezember

Das Haus stand seitdem leer, niemand wollte mehr hier wohnen. Es war nicht schwer zu finden.«
Sie begreift überhaupt nichts. *Warum hat Henning sie betäubt und hierhergebracht?* »Warum?«, flüstert sie nun.
»Du willst wissen, warum wir hier sind?« Sein Lachen macht ihr Angst. Er hockt sich neben sie und betrachtet sie stumm. Jetzt erkennt sie auch das Weihnachtslied, das gedämpft aus dem Nebenraum zu ihnen dringt. »Leise rieselt der Schnee, still und starr ruht der See …«, singt eine zarte Kinderstimme. Ihr wird übel. Die Erinnerungen an den letzten Weihnachtsabend in diesem Haus stürmen auf sie ein, an den Abend, bevor das Schreckliche geschah. An den Abend, als ihre Welt noch in Ordnung war. »Bring mich hier weg!«, bettelt sie.
Er überhört ihre Bitte. »Warum hast du mich nie gefragt, warum meine Eltern verbrannt sind?«, will er stattdessen wissen, und sie sieht etwas in seinen Augen hinter den Brillengläsern, das sie zum Schweigen bringt. »Es ging immer nur um dich, um *deine* schlimmen Erinnerungen, um *deine* Panikattacken, um *deine* posttraumatische Belastungsstörung. Hast du mich je gefragt, was in der Brandnacht passiert ist, als ich meine Eltern verloren habe?«
Sie schnappt nach Luft, will sich rechtfertigen, sich entschuldigen, aber er schneidet ihr mit einer abrupten Handbewegung das Wort ab.
»Ich habe alles für dich getan, Anja. Alles! Ich war die letzten fünfzehn Jahre immer zur Stelle, wenn du Hilfe brauchtest. Und was hast *du* für mich getan?« Er hat seine Stimme gehoben, sie bebt wütend. »Ich habe dich geliebt, und was machst du? Du wirfst dich dem Erstbesten an den Hals, der dir heimlich eine Rose ans Auto steckt. Träumst wahrscheinlich schon von Heirat und Kindern. Wie schnell hättest du mich vergessen? Wie schnell?«
Sie schüttelt den Kopf, versucht in Worte zu fassen, wie wichtig er für sie ist. Dass sie ihn nie vergessen könnte. Aber sie kann nichts sagen, kein Laut kommt aus ihrer Kehle. Henning hatte ihr die Briefe geschrieben? Er war ihr unbekannter Verehrer?
»Du hast mich verraten! Du bist genauso falsch und verlogen wie all die anderen aus dem Heim.«
»Henning … bitte …«
»Ich habe meine Eltern getötet!«, sagt er, und ein diabolisches Grinsen zerschneidet sein Gesicht. »Hättest du nicht gedacht, oder?«
Das ungute Gefühl in ihrem Magen wird zu einem Stechen. Was passiert hier mit ihr?
»Nur ich wurde gerettet, der arme zwölfjährige Vollwaise. Der kleine dicke Brillenträger. Keiner weiß, dass ich das Feuer gelegt habe, als meine Eltern schliefen.« Ganz nah ist er ihr jetzt, sieht ihr tief in die Augen. Und er sieht die Angst, die darin glimmt. »Sie sind bei lebendigem Leibe verbrannt, weil ich ihre Tür blockiert hatte.« Er lächelt und sieht sie aufmerksam an.
»Nein Henning«, flüstert sie mühsam. »Du bist kein Mörder!«
»Der Tod ist ein Geschenk, Anja. Er ist so gewaltig, so endgültig. Es ist *unglaublich …*« Er ballt seine Hände zu Fäusten. »… das Gefühl, Herr über Leben und Tod zu sein! Erinnerst du dich an den dünnen Mario aus dem Heim, von dem alle dachten, er sei ausgerissen? Nur ich weiß, wo seine Leiche ist.«
»Nein …«, flüstert sie. Eine Träne läuft über ihre Wange.

»Du hattest all die Jahre Angst vor deiner Vergangenheit. Du hattest Albträume von einer Nacht, von der nur ein altes verrottetes Haus übrig geblieben ist.« Henning sieht sie lange an. »Dabei hättest du Angst *vor mir* haben sollen.« Zärtlich streicht er ihr die Träne von der Wange. Dann nimmt er die Kerze und geht hinaus. Die Tür fällt hinter ihm ins Schloss. Sie ruft ihn zurück, schreit, so laut sie kann, seinen Namen, schreit in ihrer Todesangst, während sie das Prasseln des Feuers vor der Zimmertür hört. Der Schnee vor dem Fenster rieselt leise vor sich hin.

»Sie ist wach!«, ruft jemand. »Sie kommt zu sich!«
Einen Moment lang kann sie nur verschleierte Umrisse erkennen. Sie blinzelt, bis ihr Blick klar wird. Ein junger Arzt beugt sich über sie. »Frau Walter, können Sie mich hören?« Er leuchtet ihr mit einer kleinen Lampe in die Augen.
Sie hustet, fixiert dann ihre Umgebung. Weiße Wände, weiße Türen, medizinische Gerätschaften auf einem Schrank. Sie muss in einem Krankenhaus sein. »Was …«
»Keine Angst, Sie sind in Sicherheit. Ihr Freund hat Sie hierhergebracht. Er hat Sie aus dem brennenden Haus gerettet. Ohne ihn wären Sie jetzt wahrscheinlich nicht mehr am Leben!«
»Mein Freund?«, flüstert sie.
Der Arzt winkt jemanden heran. »Kommen Sie mal zu uns.« Henning beugt sich über sie. Er sieht furchtbar aus. Spuren von Tränen durchschneiden den Ruß auf seinen Wangen. Weiße Bahnen im schwarz verschmierten Gesicht. »Anja«, flüstert er. »Es tut mir so leid! Das wollte ich nicht.« Stocksteif liegt sie da, starrt ihn ungläubig an.
»Ich wollte dir nichts zuleide tun, bitte glaub mir!« Er gestikuliert mit seinen dicken Fingern. »Es war alles gelogen, was ich dir erzählte. Ich wollte, dass du endlich dein Trauma verarbeitest. Ich habe so viel darüber gelesen, um dir helfen zu können. Es gibt da diesen Arzt im Internet. Er behandelt seine Patienten mit einer ganz bestimmten Schocktherapie, weißt du? Er schreibt, wenn Kranke an den Ort ihrer traumatischen Erfahrung zurückkehren, wenn man sie dort mit den Ereignissen, die ihr Trauma ausgelöst haben, konfrontiert und wenn sie dieses schlimme Erlebnis nochmals durchleben, können sie es danach aufarbeiten und sogar gesund werden.« Er ist so bleich, dass sie denkt, dass er ebenfalls gleich medizinische Hilfe braucht. »Du solltest Todesangst haben wie damals. Damit du gesund wirst, verstehst du?« Er greift unter seine verschmierten Brillengläser und wischt sich über die Augen. »Anja, du bist der wichtigste Mensch in meinem Leben! Ich könnte dir nie etwas antun. Aber dieses eine Mal musste ich hart zu dir sein. Ich habe es nicht mehr ertragen, wie sehr du unter dieser Geschichte gelitten hast.« Er kann die Tränen nicht zurückhalten. »Bitte verzeih mir!«
Sie braucht einen Moment, um zu verstehen. Wieder hustet sie, wischt sich die schmerzenden Augen. So viel haben sie gemeinsam durchgestanden, die harte Zeit im Heim, die schweren Jahre danach.
»Das Haus ist abgebrannt?«, fragt sie leise.
»Ja, es tut mir leid! Der Brand ist außer Kontrolle geraten.« Unter dem verständnislosen Blick des Arztes greift sie nach seiner Hand und drückt sie fest. »Ich danke dir, Henning.« Dann lächelt sie. »Frohe Weihnachten!«

Ende

Hier aufschlitzen

22. Dezember

TATJANA KRUSE

Friede, Freude, Gänsekeule

Schwäbisch Hall

»Ho, ho, ho!«, rief Karl-Heinz in die Kamera, die an der Pforte vor der Villa auf dem Schwäbisch Haller Friedensberg die Besucher kritisch beäugte. »Der Weihnachtsmann ist da!«

»Sie sind zu spät. Nun aber hurtig«, krächzte eine geschlechtslose Stimme aus der Sprechanlage, und die Pforte glitt lautlos auf.

Karl-Heinz, Gerd und Rüdiger marschierten die Kiesauffahrt hinauf. Passenderweise fing in diesem Moment der Schnee leise zu rieseln an.

Vorn an der Villa trat eine Dame mittleren Alters vor die Tür. Sie trug ein graues Kaschmirkleid mit Perlenkette und einen äußerst gestrengen Blick zur Schau. »Etwas zackiger, meine Herren. Wir hätten beinahe schon mit der Gans angefangen. Das wird sich auf Ihr Trinkgeld auswirken!«

»Heiligabend ist immer die Hölle los, gnädige Frau.« Karl-Heinz lächelte entschuldigend. Dem Lächeln von Karl-Heinz konnte man eigentlich nicht widerstehen, schon gar nicht, wenn er, wie an diesem Heiligabend, in einem leuchtend roten Weihnachtsmannkostüm steckte. Kugelrund, verschmitzte Äuglein, breites Lächeln, Bassstimme – er spielte den Weihnachtsmann nicht, er *war* der Weihnachtsmann.

Aber die Kaschmirfrau widerstand seinem Charme dennoch. Hart wie Kruppstahl. »Das interessiert mich nicht«, erklärte sie. »Wenn ich Sie für fünf Uhr buche, dann will ich Sie auch um fünf Uhr hier haben und nicht um …« Sie blickte auf ihre diamantenbesetzte Armbanduhr. » … um sechs Uhr zwo.«

Karl-Heinz nickte verstehend.

Zweimetermann Gerd neben ihm war als Weihnachtself in grüne Leggins und rote Zipfelmütze gehüllt, ein Zugeständnis an alle, die zu viele amerikanische Weihnachtsfilme gesehen hatten. »Merry Christmas«, brummte er und beugte sich vor, um der Kaschmirfrau einen Kuss zu geben. Karl-Heinz boxte ihm seinen dicken Ellbogen gerade noch rechtzeitig in die Rippen. »Was denn?«, beschwerte sich Gerd. »Sie steht doch unter einem Mistelzweig!« Karl-Heinz und die Kaschmirfrau rollten synchron mit den Augen.

Rüdiger beschlich ein ganz ungutes Gefühl. Er gab in diesem Szenario das typisch deutsche Christkind. Ja gut, eine Frauenrolle, aber er war auch nur die Aushilfe und musste froh sein, dass er überhaupt noch einen Job bekommen hatte. Das sicherte ihm die Miete. Zehn Auftritte bis Mitternacht, zweihundert Euro bar auf die Kralle.

Rüdiger trug ein weißes Spitzenkleid und eine wallende Blondhaarperücke. »Joyeux Noël«, rief er, improvisierend, um dem Multikulti-Gedanken Rechnung zu tragen.

Karl-Heinz warf ihm einen warnenden Blick zu. »Fröhliche Weihnachten«, korrigierte er.

»Jetzt noch nicht«, erklärte die Hausherrin barsch. »Drinnen warten schon alle. Ich hoffe, Sie wissen, was Sie zu tun haben?« Sie wedelte mit der Liste, die die drei Männer in Ko-

pie auch schon von der Weihnachtsmann-Agentur erhalten hatten: die Namen der Anwesenden sowie eine Übersicht der Geschenke und die Reihenfolge des Verteilens.
»Keine Sorge, gnädige Frau, wir sind Profis«, versicherte ihr Karl-Heinz und nickte. Gerd nickte auch.
Rüdiger nickte ebenfalls, auch wenn er in diesem Augenblick noch nicht wusste, worauf er sich da eingelassen hatte, sonst hätte er zweifelsohne seine Christkindbeine in die Hand genommen und wäre gerannt, gerannt, gerannt …

Rüdiger war Schauspieler. Eigentlich.
Leider kein guter. Und selbst die guten hatten ja schon Probleme, an Engagements zu kommen. Im Seniorenwohnheim Sonnenberg las Rüdiger bisweilen Rilke- oder Hesse-Gedichte, und im Kinderferientheater Brausemaus war er bereits eine feste Größe als Mädchen für alles, aber die Bretter, die die Welt bedeuten, kannte er noch nicht wirklich. Und seine Fernseherfahrung beschränkte sich auf einen Joghurtwerbespot, in dem man ihn für exakt 0,2 Sekunden von hinten auf einer Kuh reiten sah. Manchmal hatte er Glück und bekam bei den Freilichtspielen Schwäbisch Hall eine Statistenrolle, aber das gab finanziell nicht viel her und war ohnehin nur ein Sommerjob.
Seinen Lebensunterhalt verdiente er also größtenteils mit Gelegenheitsjobs, die er aber immer für sich zu nutzen wusste. Wenn er für *Clean & Easy* putzen ging, gab er den polnischen Putzmann und führte in seiner Tupperdose polnische Dauerwurstwaren als Pausenimbiss mit sich. In der Autowaschanlage *Wash & Clean,* direkt hinter der Bausparkasse, mimte er den zugezogenen Proleten aus dem Ruhrpott und trug unter der orangefarbenen Autowaschanlagenuniform ausnahmslos Netzhemden. Schauspieler, das war für Rüdiger eben kein Beruf, sondern Berufung.
Und nun hatte er diesen Job als Christkind in der Weihnachtsmann-Agentur bekommen. Als Krankheitsvertretung. Ein Anruf in letzter Minute. Rüdiger wusste noch nicht genau, wie er die Rolle anlegen sollte.
Karl-Heinz und Gerd dagegen waren alte Hasen in dem Gewerbe. Dachte Rüdiger. Da irrte er sich. Nur halb, aber immerhin. Also, alte Hasen ja, aber anderes Gewerbe.
Karl-Heinz und Gerd waren nämlich gar nicht Karl-Heinz und Gerd. Der echte Karl-Heinz und der echte Gerd lagen gefesselt und geknebelt in der Umkleide von *Rent-a-Santa.*
Aber das wurde Rüdiger erst klar, als Karl-Heinz mitten hinein in die Runde der Köhlbrand-Messerschmidts trat, eine Schnellfeuerwaffe aus seinem Weihnachtsmannsack zog und mit seiner donnernden Bassstimme »Hände hoch und keine Bewegung!« brüllte.
Die Köhlbrand-Messerschmidts gehörten zu der Hautevolee von Schwäbisch Hall. Schon seit Generationen. Uraltes Salzsiedergeschlecht der ersten Stunde.
»Ogottogottogott«, flüsterte Maximilian Köhlbrand-Messerschmidt III., das derzeitige Oberhaupt der Familie. Er sackte auf dem Sofa zusammen.
»Reiß dich zusammen, du Memme!«, bläffte seine Frau. Und an Karl-Heinz gerichtet: »Das wagen Sie nicht!«, der ihr gerade die Diamantuhr vom Handgelenk streifen wollte.
»Und wie ich das wage.« Karl-Heinz gab, nur mal so zur Warnung, eine Schnellfeuerrunde in die Stuckdecke ab.
Leise rieselte der Putz.

Im Salon befanden sich noch die erwachsenen männlichen Zwillinge des Ehepaares mit ihren jeweiligen blondierten Gespielinnen sowie die pausbäckige Haushälterin der Familie. Deren insgesamt zehn Arme waren längst oben. Nun folgten widerwillig auch die Kaschmirarme von Frau Köhlbrand-Messerschmidt, um eine Armbanduhr leichter.
»Na bitte, geht doch«, sagte Karl-Heinz schmunzelnd.
Kurz darauf saßen alle verschnürt und mit ihren Socken beziehungsweise Feinstrumpfhosen im Mund auf dem Perserteppich.
»Und du?«, fragte Karl-Heinz und richtete die Mündung des Schnellfeuergewehrs auf Rüdiger. »Bist du für oder gegen uns?«
Rüdiger stand wie zur Salzsäule erstarrt vor dem Kamin. Sein Hintern wurde zunehmend heißer, aber jedwede Bewegung war ihm unmöglich. Schockstarre. Wo war er hier hineingeraten?
Es schien ihm alles so unwirklich.
Das Ambiente um ihn herum war beschaulich-weihnachtlich: riesige Nordmanntanne, geschmückt in Rot und Gold. Leise Weihnachtsmusik – natürlich nicht *O du fröhliche* wie in Plebejer-Wohnzimmern, vielmehr intonierte ein Knabenchor das *Weihnachtsoratorium* von Bach. Die Duftwolken von Plätzchen, einem Erzgebirgeräuchermännchen und Gans mit Apfelrotkohl waberten in der Luft.
In krassem Gegensatz dazu stand Karl-Heinz als Weihnachtsmann aus der Hölle mit dem Schnellfeuergewehr im Anschlag.
Rüdiger schluckte schwer.
Er war nicht zum Helden geboren. Schon die Androhung von Gewalt ließ ihn erzittern. Er war eine rückgratlose Memme und würde seine eigene Familie ans Messer liefern, wenn man ihm nur ein wenig Zigarettenrauch ins Gesicht blies.
Gerd lief derweil nach oben in den ersten Stock der Villa, vermutlich um den Schlafzimmertresor auszuräumen. Oder wo reiche Menschen sonst so ihre Habseligkeiten horteten. Rüdiger hatte keine Ahnung. Er zuckte zusammen, als Karl-Heinz sich vor ihm aufbaute. »Was ist jetzt? Bist du mit von der Partie?«
Rüdigers Adamsapfel hüpfte.

Einer Antwort wurde er Gott sei Dank enthoben, weil über ihnen plötzlich ein entsetzliches Geschrei ertönte, das einem das Blut in den Adern gefrieren ließ. Die unmenschlichen Schreie entrangen sich eindeutig der Kehle von Gerd. Wie schützten die Köhlbrand-Messerschmidts ihre Wertsachen? Mit eisernen Fußfallen? Die Schreie schienen nicht enden zu wollen.
Karl-Heinz fuchtelte mit dem Schnellfeuergewehr. »Was ist da los?«, verlangte er zu wissen.
Die gefesselten und geknebelten Köhlbrand-Messerschmidts guckten nur, wie man als Geisel eben guckt. Ängstlich. Bis auf die Hausherrin in Kaschmir, die guckte empört.
»Geh nachsehen!«, befahl Karl-Heinz und schubste Rüdiger in Richtung Treppe.
Rüdiger hob das weiße Spitzenkleid an, pustete sich eine blonde Kunsthaarlocke aus dem Gesicht und stieg vorsichtig die Stufen hoch. Der Gedanke an Flucht keimte kurz in ihm auf, aber Karl-Heinz stand mit dem Gewehr in der Tür und beobachtete mit dem rechten Auge die Geiseln und mit

dem linken Auge ihn. Dabei half ihm, dass er von Natur aus schwer schielte.
Stufe um Stufe näherte sich Rüdiger den Schmerzensschreien von Gerd. Vielleicht hatten die Köhlbrand-Messerschmidts im ersten Stock ja einen Bodyguard-Schrägstrich-Ninja versteckt, der Gerd gerade mit gezielten Handkantenschlägen vierteilte? Rüdiger konnte kein Blut sehen. Sein Adamsapfel hüpfte schon wieder. Konnten Adamsäpfel Muskelkater bekommen?
Als er das Treppenende erreicht hatte, sah er, was das Problem war: Ein riesiger, gescheckter Pitbull hatte sich in Gerds grünes Weihnachtselfgesäß verbissen.
Rüdiger hatte einmal gelesen, dass es unmöglich war, den Kiefer dieser vierbeinigen Kampfmaschinen auseinanderzuhebeln, wenn sie sich erst mal verbissen hatten. Das sah nicht gut aus für Gerd.
»Mach doch was!«, schrie Gerd.
Rüdiger öffnete die erste Tür rechts. Ein Badezimmer. Ziemlich edelkitschig mit vergoldeten Armaturen. Auch hier Weihnachtsdeko in Form von weißen Keramik-Engeln. Er füllte einen Zahnputzbecher mit Wasser, trat wieder hinaus auf den Flur und schüttete das Wasser über den Hund.
Wenn in diesem Augenblick Hund und Opfer etwas einte – außer der Tatsache, dass sich die spitzen Hauer des einen in die Weichteile des anderen verbissen hatten –, dann der verächtliche Blick in ihren Augen. Der Blick galt Rüdiger.
»Hilft nicht«, konstatierte Rüdiger.
Gerd sah aus, als hätte er Rüdiger am liebsten erwürgt.
Der Hund knurrte.
»Ich sag mal Karl-Heinz Bescheid«, erklärte Rüdiger und trat den strategischen Rückzug an.

»Hat er wenigstens schon irgendwas einkassiert?«, wollte Karl-Heinz wissen, nachdem Rüdiger ihm Bericht erstattet hatte.
»Äh, hab ich nicht gefragt.« Rüdiger schürzte die Lippen. Jedem anderen hätte ein Kerl wie der falsche Karl-Heinz in diesem Moment den Lauf der Knarre gegen die Nase gerammt, aber nicht Rüdiger. Rüdiger war das personifizierte Unschuldslamm. Naiv und lieb. Aber auch strunzdumm.
»Dann geh hoch und frag ihn«, raunzte Karl-Heinz. »Hier, nimm das Messer mit und schneid der Töle die Kehle durch.« Alle Köhlbrand-Messerschmidts gaben Jammerlaute durch ihre Socken beziehungsweise Feinstrümpfe von sich, sogar die Kaschmirfrau, aber die vermutlich nur, weil sie Angst hatte, die Putzfrau könnte die Blutflecken nicht mehr aus dem Teppichboden bekommen.
Rüdiger stapfte die Treppe hoch. Er hatte noch nie etwas getötet. Nicht, dass er Vegetarier war, aber was er aß, pflegte bereits tot zu sein. Und im Grunde mochte er Hunde. Wer wusste schon, ob nicht Gerd in diesem Fall der Böse war und er den braven Haushund nicht grundlos getreten hatte? Vielleicht handelte es sich seitens des Hundes um reine Selbstverteidigung?
Oben war es in der Zwischenzeit noch lauter geworden. Gerd wirbelte wie ein Derwisch im Kreis und schrie gellend. Der Hund hing festgebissen an Gerds Hintern und rotierte in dieser Halbhöhe knurrend durch die Luft.
Rüdiger räusperte sich.

Gerd bekam in seiner Raserei davon allerdings nichts mit. Nur der Hund sah Rüdiger, sah das Messer, sah die Butter an dem Messer und machte sich weiter keine Sorgen.
Auf dem Teppichboden lag der Weihnachtsmannsack von Karl-Heinz. Vorhin war er noch schlaff gewesen, jetzt blähte er sich prallgefüllt auf. War bestimmt voller Beute.
Rüdiger nahm den Sack an sich.
Er schaute noch einmal den Hund an, von dessen wild glühenden Augen er immer nur bruchstückhaft etwas mitbekam, wenn der Pitbull an ihm vorbeigeflogen kam. Rüdiger ließ das Buttermesser fallen.
Gerds Geschrei folterte sein Trommelfell gewaltig.
Rüdiger schulterte den Sack und ging wieder nach unten.
Karl-Heinz stand nicht mehr in der Tür. Er stand vornübergebeugt am Esstisch und schnupperte.
»Rieche ich da etwa eine Hefeteigfüllung?« Er schnupperte geräuschvoll. Der falsche Karl-Heinz war nämlich begeisterter Hobbykoch. An die Haushälterin gewandt, meinte er: »Mit einem Sirup aus Honig und Sojasoße eingestrichen?« Er fuhr sich mit einer fleischigen Zunge über die Lippen.
»Du, Karl-'einz«, sagte Rüdiger, ohne dabei seinen falschen französischen Akzent zu vergessen. Eine Meisterleistung, wenn man sich die Gesamtsituation mal genau überlegte. »Gerd ist unabkömmlisch, und das Messer war nicht scharf genüg für die Hünd.«
»Und was ist in dem Sack?«, wollte Karl-Heinz wissen, richtete sich auf und trat einen Schritt auf Rüdiger zu.
Dummerweise hatte Rüdiger schon vor Karl-Heinz' Frage mit dem rechten Arm Schwung geholt, um ihm den Sack zuzuwerfen. Der Sack traf Karl-Heinz folglich unvorbereitet, und zwar volle Kanne mitten ins Gesicht, weswegen er nach hinten stolperte, den Halt verlor und rücklings zu Boden ging. Dabei löste sich eine neue Salve aus dem Schnellfeuergewehr. Alle kauerten sich zusammen, auch Rüdiger. Er hörte noch einen dumpfen Knacks, dann Stille.
Die Stille des Todes …

Morgen geht es weiter

Hier aufschlitzen

23. Dezember

Also, abgesehen von Gerds Schreien und dem Knurren des Hundes aus dem oberen Stockwerk. Und dem immer noch oratierenden Knabenchor aus den teuren Bose-Boxen.
Karl-Heinz lag reglos vor dem Esstisch. Auch sein Brustkorb hob und senkte sich nicht mehr.
Rüdiger tippte auf finalen Genickbruch.

Wenn Rüdiger in seinen zweiundzwanzig Lebensjahren etwas klar geworden war, dann, dass er nicht zu den hellsten Köpfen auf diesem Erdenrund gehörte. Zum Nachdenken brauchte er immer etwas länger. So stand er und stand er und erwachte erst aus seinem Grübelkoma, als es mit einem Schlag wirklich totenstill wurde. Die Knabenchor-CD war verstummt, und aus dem oberen Stockwerk hörte man weder Schreie noch Knurren.
In diese Stille hinein reifte in Rüdiger spontan eine Erkenntnis. Er steckte zu tief drin. Ein Anruf bei der Polizei stand mittlerweile außer Frage. Ihm kam zugute, dass die Agentur ihre Aushilfen schwarz beschäftigte und er deshalb einen erfundenen Namen hatte angeben können: Jacques Clouseau, französischer Austauschstudent.
Nein, es gab keinen Weg zurück. Er musste auswandern, möglichst weit weg, wie Patagonien oder Frankfurt an der Oder. Er würde sich etwas Geld von den Köhlbrand-Messerschmidts leihen und andernorts noch mal völlig neu anfangen.
Aber man durfte ihn bis dahin nicht erkennen. Also fing er an, Karl-Heinz zu entkleiden.
Karl-Heinz war im Übrigen nicht tot, nur komatös. Das feuerrote Weihnachtsmannkostüm war Rüdiger definitiv zu groß und hing formlos an seinem hageren Körper herab, aber egal, dann sah er eben aus wie der Weihnachtsmann nach einer Weight-Watchers-Diät. Er wollte ja keinen Weihnachtsmann-Schönheitswettbewerb gewinnen. Hauptsache, er war inkognito unterwegs und nicht als Rüdiger.
Eklig war der Bart. Rüdiger hasste Vollbärte. In denen lebten Suppennudeln, Zecken und anderes Kleingetier. Er spürte förmlich, wie die Eiterflechte zu wuchern begann, als er sich den Bart überstreifte. Aber es half ja alles nichts.
Als er sich rundum verkleidet aufrichtete und den Sack schulterte, hörte er auf einmal wieder das Knurren des Pitbulls. Nur sehr viel lauter. Und näher. Quasi direkt hinter ihm.
Rüdiger drehte sich um.
Und ja, da stand der Pitbull. So nah, dass Rüdiger das Namensschild am Halsband lesen konnte.
Sonja.

»Ho, ho, ho«, rief Rüdiger und versenkte das Messer tief ins Fleisch.
Es hatte etwas von einem Schlachtfest an sich.
Mit dem Tranchieren hatte er es nicht so: Soße spritzte auf, Gänsefetzen flogen.
Sonja sabberte erwartungsvoll.
Frau Köhlbrand-Messerschmidts Augenbrauen schossen nach oben. Sie hätte gern: »Passen Sie doch auf! Das ist eine Bio-Freilauf-Edelgans, nach einem Lafer-Rezept geschmort!«, gerufen, aber sie konnte nicht, sie hatte ihre Wolford-Strumpfhose im Mund.
»Tut mir leid, das mit den Soßenflecken auf der Damasttisch-

decke, aber durch diesen ekligen Bart sehe ich kaum etwas«, entschuldigte sich Rüdiger.
Man konnte ihm wirklich keinen Vorwurf machen: Es war ein billiger Einer-passt-allen-Rauschebart aus dem Fundus von *Rent-a-Santa*, für Rüdigers schmales Gesicht viel zu füllig und nach unsachgemäßer Reinigung zu urwaldgleicher Verstrupptheit föhngeblasen.
Rüdiger warf Sonja einige Gänsehappen zu, dann säbelte er herzhaft weiter. Er hatte eine lange Flucht vor sich und brauchte unterwegs womöglich eine Stärkung. Als er der Prachtgans endlich beide Beine amputiert hatte, strahlte er glücklich: »Gänsekeulen-to-go!«
Die große Standuhr mit dem Westminsterschlag schlug 19 Uhr, als Rüdiger die Gänsekeulen – in Stoffservietten gehüllt – in seine Weihnachtsmann-Hosentaschen schob. Er schulterte den Sack, von dem er noch nicht wusste, dass eine Viertelmillion Euro in steuerhinterzogenem Schwarzgeld darin lag und die Köhlbrand-Messerschmidts den Verlust dieser Summe den dreißig Minuten später eintreffenden Streifenbeamten nicht mitteilen konnten.
Sie konnten nur den falschen Karl-Heinz – schwere Gehirnerschütterung, geprellte Halswirbel – und den falschen Gerd – Kreislaufkollaps nach Hundebissschocktrauma – wegen Einbruchsversuchs mit Geiselnahme verhaften lassen. Dass ein Dritter im Bunde war, verschwiegen die Köhlbrand-Messerschmidts. Und auch *Rent-a-Santa* breitete den Mantel des Schweigens über den nicht versicherten Schwarzarbeiter. Es war, als hätte Rüdiger nie existiert.
Die letzten Worte des sehr real existierenden Rüdigers an die Köhlbrand-Messerschmidts lauteten: »Isch werde Rettüng für Sie verständigen, sobald ich genügend Vorsprüng 'abe.«
Nur nicht aus der Rolle fallen! Das hatte er aus einem Zeitungsinterview mit Robert De Niro. Hoffentlich gab es in Patagonien oder Frankfurt an der Oder eine Theatergruppe, der er sich anschließen konnte. Ihm würde sonst was fehlen.
Dann schritt Rüdiger hinaus in die Nacht.
Pitbull Sonja sah ihm nach, sah zu den Köhlbrand-Messerschmidts, sah wieder zu Rüdiger und lief ihm wackelnd hinterher.
Hund und neuer Herr marschierten dem Horizont entgegen. Den Sonnenuntergang musste man sich dazudenken. Es war ja Heiligabend und somit um diese Zeit schon stockfinster in dem feinen Villenviertel in Schwäbisch Halls exklusivster Hangwohnlage.
Aber eins war klar, auch wenn es die beiden in diesem Moment noch nicht wussten: Sie waren auf ihrem Weg ins Glück.
Ein Weihnachts-Happy-End!

Ende

Hier aufschlitzen

24. Dezember

SABINE THOMAS

Süßer die Plätzchen nie schmecken

Ammersee

Zufrieden betrachtete Heidemarie Kunz ihr Werk. Spitzbuben, Vanillekipferl, Rumschnitten, Zimtsterne, alles selbst gemacht. Trotz ihres hohen Alters von neunundachtzig Jahren ließ sie es sich nicht nehmen, jedes Jahr mindestens zehn verschiedene Sorten Weihnachtsplätzchen zu backen, obwohl es ihr immer schwerer fiel. Aber es machte ihr einfach so viel Freude, die Platzerl an die Familie und Nachbarn zu verschenken. Sie selbst aß ja kaum noch Gebäck. Der Arzt meinte, das wäre pures Gift für sie. Aber das Backen machte ihr noch so viel Spaß, da freute sie sich schon das ganze Jahr drauf.

Sorgfältig zog sie Frischhaltefolie über den prall gefüllten Weihnachtsteller und balancierte ihn vorsichtig zur Wohnungstür. Dann ging sie langsam hoch in den ersten Stock und klingelte.
Herr Neubert würde sich über ihren spontanen Besuch sicher freuen. Er liebte Weihnachtsgebäck und Süßigkeiten über alles, musste aber aufpassen, weil er schwer zuckerkrank war und auch wegen seines Übergewichts kaum noch gehen konnte. Neulich erst war er ins Koma gefallen, weil er vergessen hatte, sein Insulin zu spritzen. Er wurde mit dem Alter auch immer schusseliger. Der Notarzt konnte ihn gerade noch retten. Zum Glück hatte ihn seine Frau rechtzeitig aufgefunden. Sie mochte zwar keine Plätzchen, freute sich aber bestimmt über einen kleinen Plausch.
Frau Kunz drückte noch einmal die Klingel. Nichts rührte sich. Wahrscheinlich waren die Neuberts unterwegs, auf dem Weihnachtsmarkt oder beim Arzt.
Heidemarie Kunz bückte sich mit einem leisen Ächzen und stellte den Teller vor die Tür der netten Nachbarn. Dann ging sie wieder zurück in ihre Wohnung.

Heinz Weigl stellte sein Rad ab. Es war sein ganzer Stolz: ein Fahrrad mit Elektromotor, mit dem er tagtäglich durch den Ort sauste, um einzukaufen oder einfach nur spazieren zu fahren. Seitdem er in Rente war, pflegte er dieses Hobby. Das Gehen fiel ihm nach einem blöden Glatteisunfall vor drei Jahren immer schwerer, daher war er auf sein akkubetriebenes Radl angewiesen. Die Alternative wäre ein Rollator wie der seiner Nachbarin Frau Kunz gewesen, aber das war unter seiner Würde. Solange er noch Rad fahren konnte, würde er das auch tun.

Schon von Weitem hatte er gesehen, dass aus einem der Briefkästen seiner Hausbriefkastenanlage Zeitungen, Anzeigenblätter, Werbeflyer und Briefkuverts hervorquollen. Ein Brief war bereits in den Schneematsch gefallen. Er hob ihn auf, warf einen kurzen Blick auf den Absender und überlegte kurz. Dann zog er die restlichen Zeitungen und Briefe aus dem Schlitz heraus und ging in den ersten Stock hoch, um sie den Nachbarn vor die Tür zu legen. Einen kurzen Moment war er versucht, den Weihnachtsteller zu unterschlagen, der vor der Tür stand, aber er hatte ja schon seine diesjährige Plätzchenration von Frau Kunz erhalten, und zu viel Süßes war ja auch ungesund. Zufrieden ging er zurück in seine Wohnung. Ordnung musste sein.

Heidemarie Kunz griff zur Fernbedienung und schaltete um. Auf allen Kanälen liefen irgendwelche Krimis. Sie liebte Krimis. Am liebsten die mit Miss Marple, aber die kamen ja nicht mehr so oft im Fernsehen. Die neumodischen Serien aus Amerika waren ihr zu schnell, da kam man ja gar nicht mehr mit. Da wurden die Mordfälle nur noch im Labor und von Rechtsmedizinern und Pathologen geklärt, nicht mehr mit solider Vernehmungsarbeit wie zum Beispiel früher bei Inspektor Derrick oder Graf Yoster. *Aktenzeichen XY* schaute sie auch gerne an, da gruselte es sie immer besonders, weil die Fälle real waren. Ihr Sohn hatte ihr für Weihnachten einen DVD-Player versprochen, damit sie künftig ihre Lieblingsserien sehen konnte, sooft sie wollte.

Annabelle Brunner stellte die schweren Einkaufstaschen ab und kramte den Haustürschlüssel hervor. Als sie den Schlüssel in das Schloss steckte, fiel ihr siedend heiß ein, dass sie das Backpulver vergessen hatte. Mist. In wenigen Minuten würden die Geschäfte schließen, und vor den Feiertagen schaffte sie es nicht mehr zum Einkaufen. Die halbe Verwandtschaft hatte sich angesagt, um sie an Weihnachten zu besuchen und Geschenke abzusahnen. Statt Plätzchen wollte sie diesmal einen Weihnachtskuchen backen, das war einfacher. Aber ohne Backpulver wurde das nichts. Die Nachbarin Kunz, die immer so leckere Plätzchen backte, hatte bestimmt tütenweise Backpulver im Haus. Aber nachdem sich die Kunz letztens erst darüber beschwert hatte, dass Annabelles Enkel immer so laut durch das Treppenhaus tobten und mit den dreckigen Schneestiefeln vor ihrer Wohnungstür Schmutz hinterließen, war das Verhältnis zu ihr deutlich abgekühlt. Der beste Beweis dafür war, dass sie in diesem Jahr keinen Teller mit Plätzchen erhalten hatte. Blöde Kuh. Annabelle verharrte kurz vor der Tür von Frau Kunz und überlegte, ob sie nicht doch über ihren Schatten springen und sich für ihre Enkel entschuldigen sollte, um im Gegenzug ein Päckchen Backpulver und eine Tüte Plätzchen abzustauben, ging dann aber weiter. Unter ihren Schuhen hatte sich eine unschöne Schneepfütze gebildet.

Im ersten Stock stellte sie ihre Einkaufstüten ab und rang nach Luft. Warum musste man an Weihnachten immer so viel fressen? Im nächsten Jahr würde sie über Weihnachten in den Süden fahren, um diesem Terror zu entgehen. Weihnachten unter Palmen, das wär's.
Vor der Tür von Neuberts stand ein Teller mit Plätzchen. Frau Kunz war in diesem Jahr offenbar auch ein bisschen spät dran mit ihrer Weihnachtsbäckerei. Vielleicht hatte sie ihr doch einen Teller vor die Tür gestellt? Als Entschuldigung für ihren verbalen Ausrutscher neulich? Weihnachten wäre ein guter Zeitpunkt für eine Versöhnung. Annabelle Brunner griff entschlossen ihre Tüten und ging nach oben. Doch vor ihrer Tür warteten nur ihre ausgelatschten Pantoffeln.

Heinz Weigl blickte durch den Türspion. Seit er einmal Opfer von Trickbetrügern geworden war, die sich als Klempner ausgegeben und ihn um sein Erspartes gebracht hatten, indem sie ihn baten, seine Wasserhähne im Bad auf Kommando auf- und zuzudrehen, während sie seine Wohnung durchsuchten, machte er nicht mehr auf, wenn es klingelte. Seine Tochter hatte sich danach wochenlang mit der Hausverwaltung gestritten, bis die endlich einen Spion in seine Wohnungstür einbauen ließen. Seitdem fühlte er sich etwas sicherer.
Das Gesicht eines dunkelhäutigen Mannes tauchte auf, er wirkte abgehetzt und drückte ungeduldig die Klingel.
»Wer sind Sie? Was wollen Sie?«
Gut, dass seine Tochter ihm eine Liste mit Verhaltensregeln mit Tesafilm an die Tür geklebt hatte, er brauchte nur abzulesen. Auf keinen Fall dürfte er preisgeben, dass er nach dem Tod seiner Frau allein lebte. Er sollte immer »wir« statt »ich« sagen, das hatte sie ihm immer wieder eingeschärft. WIR kaufen nichts, WIR brauchen nichts, WIR holen gleich die Polizei.
»Post!«, rief der Typ genervt und hob ein Paket hoch.
Heinz Weigl zögerte. Auch das konnte ein Trick sein. Gerade zur Weihnachtszeit waren bestimmt viele Gauner unterwegs.
»Von wem ist das Paket? Ich habe nichts bestellt!«
Er biss sich auf die Lippe. Er hatte schon wieder »ich« statt »wir« gesagt. Seine Tochter, die in der Vorweihnachtszeit aushilfsweise in einer Krimibuchhandlung arbeitete und durch die Krimilektüre mit allen Wassern gewaschen war, würde ihn schimpfen, wenn er ihr das erzählte.
»Ist nicht für Sie. Ist für Nachbarin Neubert von Otto-Versand.«
»Warum tragen Sie keine Uniform?«
»Ist nass geworden. Nehmen Sie das Paket an?«
Heinz Weigl galt als hilfsbereit. Da er im Erdgeschoss wohnte, wurden dauernd Pakete bei ihm abgegeben. Er mochte das, es brachte ein bisschen Farbe in sein eintöniges Rentnerleben, wenn er rätselte, was wohl in den Paketen drin war, und wenn die Nachbarn dann zu ihm kamen, um die Pakete abzuholen, und auf einen kleinen Plausch blieben und ihn mit dem neuesten Klatsch und Tratsch versorgten. Meistens brachten sie ihm auch ein kleines Dankeschön mit, eine Flasche Wein, Pralinen, selbst gebackene Kuchen. Er drehte den Schlüssel zweimal um und öffnete die Tür.

Annabelle Brunner ärgerte sich. Schon wieder klingelte in der Wohnung unter ihr minutenlang das Telefon mit diesem blöden Klingelton, den sie hasste wie die Pest. Sie wusste, dass die alten Knacker ein bisschen schwerhörig waren, aber wenn sie schon über die Feiertage wegfuhren, sollten sie wenigstens das Telefon leiser stellen. Zur Strafe würde sie nachher runtergehen, die Plätzchen klauen und den leeren Teller mit Krümeln wieder vor die Tür stellen. Entschlossen griff sie nach der Fernbedienung und machte den Fernseher lauter.

Heinz Weigl legte den Hörer auf. Sein Blick fiel auf die Tengelmann-Tüte, die sich seit Tagen unaufhörlich mit Briefen, Werbeflyern und kostenlosen Anzeigenblättchen für Neuberts füllte. So konnte es nicht weitergehen. Entschlossen griff er noch mal nach dem Hörer und wählte die Nummer seiner Tochter. Er hatte noch ein altmodisches Wähltelefon, das seine Tochter im Internet bei eBay für ihn ersteigert hatte. Er hasste die neumodischen Tastentelefone. Schlimm genug, dass sie ihm letztes Jahr zu Weihnachten ein Handy geschenkt hatte, damit er im Notfall immer Hilfe rufen konnte, wenn er mal unterwegs war. Er wusste nicht einmal richtig, wie man dieses Teil einschaltete.

»Hallo?«, meldete sich ihre Stimme.

»Hier ist dein Vater«, sagte er.

»Hallo, Paps«, antwortete sie erfreut. »Was gibt's Neues?«

»Du liest doch immer so viele Krimis«, begann er ohne Umschweife. »Was würdest du denken, wenn bei deinen Nachbarn der Briefkasten überquillt?«

Sie lachte. »Ich würde denken, dass die Nachbarn im Urlaub sind. Wieso?«

»Ich glaube, hier ist ein Verbrechen geschehen.«

»Wo? Bei dir in der Nachbarschaft?«

»Seit Tagen quillt der Briefkasten meiner Nachbarn über. Ich habe schon eine ganze Tüte voll Post und Zeitungen hier bei mir gesammelt. Es wurden schon drei Pakete für die Nachbarn bei mir abgegeben. Sie öffnen nicht die Tür, gehen nicht ans Telefon, es brennt auch kein Licht. Vor ein paar Tagen stand noch ein Teller mit Plätzchen von Frau Kunz vor ihrer Tür, der ist jetzt weg. Da ist bestimmt etwas Schreckliches passiert. Ich rufe jetzt die Polizei.«

»Ach, Papa«, seufzte seine Tochter. »Die sind bestimmt über die Feiertage weggefahren und haben vergessen, dir den Briefkastenschlüssel zu geben. Die Plätzchen hat vielleicht ein anderer Nachbar geklaut. Oder sie haben sie gegessen, bevor sie in den Urlaub gefahren sind. Die Polizei lacht dich aus, wenn du deswegen anrufst.«

»Sie haben immer Bescheid gesagt, wenn sie verreist sind«, beharrte Heinz Weigl. »Und dann haben sie mir immer was Schönes mitgebracht. Letztes Jahr diesen sagenhaften Schinken aus Ungarn …«

»Paps, mach dich nicht lächerlich. Die sind ja auch schon älter und haben es einfach vergessen. Du vergisst doch auch dauernd alles.«

»Das ist doch was ganz anderes«, sagte er leicht verärgert. Er mochte es nicht, auf seine Altersschwächen angesprochen und mit greisen Trotteln verglichen zu werden.

»Du wirst sehen, im neuen Jahr klingeln sie und holen ihre Post bei dir ab. Die wollen dich bestimmt nicht über die Weihnachtsfeiertage stören.«

»Aber man bestellt doch keine Pakete und fährt dann in Urlaub!«

»An Weihnachten verspäten sich doch dauernd die Paketzustellungen. Neulich erst hat doch die Post gestreikt.«

»Ich bin mir aber sicher, dass da oben etwas nicht stimmt.«

»Also gut, Paps. Du gehst jetzt einfach mal da hoch und schnüffelst an der Tür. Wenn dort eine Leiche wäre, oder zwei Leichen, dann würde das ganz entsetzlich riechen. Das liest man doch immer wieder in Krimis oder in der Zeitung.«

»Ich war gerade vorhin wieder oben und habe geklingelt. Da riecht nichts.«

»Dann ist auch nichts«, sagte seine Tochter entschieden. »Mach dir keine Gedanken. Aber mal was anderes: Was wünschst du dir eigentlich zu Weihnachten?«

Heidemarie Kunz ärgerte sich. Sie hatte genau gehört, wie oben bei Neuberts jemand durch die Wohnung gelaufen ist und kurz darauf die Toilettenspülung betätigt wurde. Das

Haus war sehr hellhörig. Wenn der Fernseher nicht lief, hörte sie alles von den Nachbarn. Die hätten sich auch schon längst mal für die Platzerl bedanken oder wenigstens den schönen Teller mit dem Engelmotiv zurückbringen können. Es war ja schon ein paar Tage her, dass sie den Teller vor die Tür gestellt hatte. Grimmig strich sie die Neuberts von ihrer Weihnachtsplätzchenliste.

Gerade als Heinz Weigl das Geschirr seines Abendbrots abgeräumt hatte und sich auf den Münchner *Tatort* freute, der in wenigen Minuten beginnen würde, klingelte es. Er erhob sich, ging zur Tür und warf einen Blick durch den Spion. Vor der Tür stand Frau Neubert in einem dicken Wintermantel. Sie wirkte aufgelöst. Er drehte den Schlüssel um und öffnete.

»Mein Mann ist tot!«, schrie Frau Neubert und schluchzte laut. Gegenüber öffnete sich die Tür, Frau Kunz blickte besorgt aus ihrer Wohnung heraus. »Ist was passiert?«

»Mein Mann ist tot! Und der Hansi auch!«

Frau Kunz hielt erschrocken die Hand vor den Mund. »Der Wellensittich? O Gott!«

Frau Neubert schluchzte noch lauter. »Beide tot! Ich war im Urlaub bei meiner Schwester, bin gerade nach Hause gekommen, und jetzt sind beide tot!«

Heinz Weigl wurde blass. Er hatte es gewusst, die ganze Zeit!

»Dann rufe ich jetzt die Polizei«, sagte er tonlos.

Frau Neubert nickte. »Und ein Glas Wasser bitte …«

Er bat die beiden Damen zu sich herein und holte ein Glas Leitungswasser für Frau Neubert, die schluchzend in den Sessel gesunken war. Dann wählte er mit zitternden Händen die 110.

Die Polizei versprach, einen Streifenwagen und einen Notarzt zu schicken. Das könne aber dauern, weil gerade mehrere Glatteisunfälle im Landkreis sämtliche Einsatzkräfte abgezogen hätten.

»Ich möchte mich von meinem Mann verabschieden, bevor die Polizei kommt. Begleiten Sie mich bitte nach oben?«

Heinz Weigl und Heidemarie Kunz blickten sich entsetzt an. Beiden war nicht ganz wohl bei dem Gedanken, den toten Nachbarn zu besuchen. Aber schließlich gaben sie sich einen Ruck und folgten der immer noch weinenden Nachbarin nach oben. Zögernd betraten sie die Wohnung, in der es etwas süßlich roch.

Holger Neubert lag auf der Couch, als würde er schlafen. Neben ihm auf dem Wohnzimmertisch standen eine Teekanne und ein vollgekrümelter Weihnachtsteller mit Engelmotiv, auf dem nur noch ein einzelner Zimtstern übrig geblieben war. Heidemarie Kunz erbleichte.

Polizeiinspektion Ammersee / Obb.

»Vielen Dank für diesen Hinweis, wir werden dem sofort nachgehen und die Mordkommission der Kripo Fürstenfeldbruck benachrichtigen.«

Der wachhabende Beamte Knöbel legte den Hörer auf und schüttelte ungläubig den Kopf.

Sein Kollege, der ihm gegenübersaß und sich gerade einen Schokonikolaus reinstopfte, sah ihn gespannt an. »Mord? Hier bei uns am Ammersee?«

Knöbel grinste. »Ach iwo. Das war wieder so ein alter Tat-

tergreis, der glaubt, in seiner Nachbarschaft wurde jemand ermordet. Ausgerechnet an Weihnachten.«
»Grad an Weihnachten. Da wird doch überall gestritten. Falsche Geschenke, zu wenig Geschenke, keine Geschenke, angebrannte Weihnachtsgans, Schwiegermutterbesuch …«, zählte Beierlein auf.
Knöbel verdrehte die Augen. »Gut, dass wir Dienst haben und nicht Weihnachten feiern müssen. Dieser anonyme Anrufer jedenfalls denkt, dass seine Nachbarin ihren Mann dadurch ermordet hat, dass sie allein ohne ihn in den Urlaub gefahren ist, obwohl er stark zuckerkrank war und dauernd vergessen hat, sein Insulin zu spritzen. Außerdem hat sie den Nachbarn verheimlicht, dass sie weggefahren ist, sodass niemand auf ihn achten konnte.«
»Das wäre dann aber kein Mord, sondern höchstens fahrlässige Körperverletzung mit Todesfolge. Oder unterlassene Hilfeleistung. Wenn überhaupt.«
»Höchstens«, pflichtete Knöbel ihm bei. »Aber es geht ja weiter. Seine andere Nachbarin hat seiner Meinung nach Beihilfe zum Mord geleistet durch Schenkung von selbst gebackenen Weihnachtsplätzchen.«
Die beiden Polizisten wieherten vor Lachen.
»Womöglich noch vergiftet?«, fragte Beierlein grinsend.
»Nein, aber mit viel Zucker. Tödliches Gift für einen Diabetiker. Wenn er sein Insulin vergisst.«
»Das wär aber dann nur fahrlässige Tötung«, überlegte Beierlein. »Obwohl, bei Vorsatz …«
Knöbel dachte nach. »Aber möglich wär's«, sagte er.
Beierlein knüllte das Stanniolpapier zusammen und zielte auf den Papierkorb. »Das wäre der perfekte Mord.«
Die beiden lachten. Dann wandten sie sich wieder dem kniffligen Unfallbericht zu, an dem sie schon seit drei Stunden herumtüftelten.

Ein feines Lächeln umspielte die Lippen der Witwe Neubert unter dem schwarzen Trauerschleier, als die Urne in das Grab hinabgelassen wurde.
Sie hatte gewusst, dass sie sich auf die gute alte Frau Kunz verlassen konnte. Deren wunderbare zuckersüße Plätzchen, die sie jedes Jahr an Weihnachten an die Nachbarn verteilte, in Kombination mit der Schusseligkeit ihres Gatten, der dauernd sein Insulin vergaß, hatten für einen süßen Tod ihres Haustyrannen gesorgt. Der Notarzt hatte zwar ein paar komische Fragen gestellt und wollte auch noch das restliche Insulin sehen, hatte aber dann nach kurzem Zögern doch »Natürliche Todesursache« auf dem Totenschein angekreuzt. Das Insulin hatte sie gleich weggeworfen, nachdem die Bestatter die Leiche ihres Mannes abgeholt hatten und die Dorfpolizisten und die Seelsorger vom Kriseninterventionsteam endlich abgedampft waren, als die echten Tränen um ihren Wellensittich endlich versiegt waren. Dass der Hansi elendig verdursten könnte, wenn ihr Mann das Zeitliche segnete, das hatte sie nicht bedacht.

»Ruhe süß«, murmelte sie leise, warf den steinharten Zimtstern der Urne hinterher hinab ins Grab und verließ den Friedhof, ohne sich noch einmal umzublicken. Gleich nach dem Leichenschmaus würde sie sich einen neuen Wellensittich kaufen.

Ende

Quellenverzeichnis

Ani, Friedrich: Das Zwitschern des Maulwurfs
Copyright © beim Autor, zuletzt erschienen in: Alpenland in Mörderhand. 12 Weihnachtskrimis aus dem tiefen Süden, Knaur eBook, München 2014

Bagnol, Jean: Eine schöne Bescherung
Copyright © beim Autor, zuletzt erschienen in: Johannes Engelke (Hrsg.): Süßer die Schreie nie klingen. 24 Weihnachtskrimis von der Nordsee bis in die Alpen, Knaur Taschenbuch, München 2013

Beck, Zoë: Dorianna
Copyright © bei der Autorin, zuletzt erschienen in: Michelle Stöger (Hrsg.): Maria, Mord und Mandelplätzchen. Weihnachtskrimis von Sylt bis zur Zugspitze, Knaur Taschenbuch, München 2011

Erfurth, Marita: Und der Schnee rieselt leise
Copyright © bei der Autorin, zuletzt erschienen in: Spätzlemorde. 12 Weihnachtskrimis vom Main bis zum Schwarzwald, Knaur eBook, München 2014

Föhr, Andreas: Die stille Nacht
Copyright © beim Autor, zuletzt erschienen in: Alpenland in Mörderhand. 12 Weihnachtskrimis aus dem tiefen Süden, Knaur eBook, München 2014

Fölck, Romy: Leise rieselt der Tod
Copyright © bei der Autorin, zuletzt erschienen in: Mord-Mord-Ost. 12 Weihnachtskrimis von der Ostsee bis zum Thüringer Wald, Knaur eBook, München 2014

Kruse, Tatjana: Friede, Freude, Gänsekeule
Copyright © bei der Autorin, zuletzt erschienen in: Tatjana Kruse: Tannenduft mit Todesfolge: Kein bisschen besinnliche Weihnachtskrimis, Haymon Verlag, Innsbruck 2019

Kruse, Tatjana: Weihnachtswünsche werden wahr!
Copyright © bei der Autorin, zuletzt erschienen in: Tatjana Kruse: Tannenduft mit Todesfolge: Kein bisschen besinnliche Weihnachtskrimis, Haymon Verlag, Innsbruck 2019

Lüpkes, Sandra: Wunschverzettelt
Copyright © bei der Autorin, zuletzt erschienen in: Blutiger Rhein. 12 Weihnachtskrimis aus Deutschlands wildem Westen, Knaur eBook, München 2014

Merchant, Judith: Axt mit Schleife
Copyright © bei der Autorin, zuletzt erschienen in: Blutiger Rhein. 12 Weihnachtskrimis aus Deutschlands wildem Westen, Knaur eBook, München 2014

Merchant, Judith: Halleluja, Opa!
Copyright © bei der Autorin, zuletzt erschienen in: Johannes Engelke (Hrsg.): Süßer die Schreie nie klingen. 24 Weihnachtskrimis von der Nordsee bis in die Alpen, Knaur Taschenbuch, München 2013

Noll, Ingrid: Der Schneeball
Aus: Ingrid Noll: Falsche Zungen, Copyright © 2004, 2005 Diogenes Verlag AG Zürich

Thomas, Sabine: Süßer die Plätzchen nie schmecken
Copyright © bei der Autorin, zuletzt erschienen in: Johannes Engelke (Hrsg.): Süßer die Schreie nie klingen. 24 Weihnachtskrimis von der Nordsee bis in die Alpen, Knaur Taschenbuch, München 2013

Trinkaus, Sabine: Bombenstimmung zum Fest der Liebe
Copyright © bei der Autorin, zuletzt erschienen in: Johannes Engelke (Hrsg.): Süßer die Schreie nie klingen. 24 Weihnachtskrimis von der Nordsee bis in die Alpen, Knaur Taschenbuch, München 2013

Gesamtgestaltung: Christina Krutz, Biebesheim am Rhein
Illustrationen: Shutterstock.com
Umschlagillustration: ZERO Werbeagentur, München
Lektorat: Elisabeth Schubach, Pattloch Verlag

ISBN 978-3-629-11597-3

www.pattloch.de

2 4 5 3

MIX
Papier aus verantwortungsvollen Quellen
FSC® C007972
www.fsc.org